77歳のバケットリスト

～人生いかによく生きよく死ぬか～

渡邊一雄 著

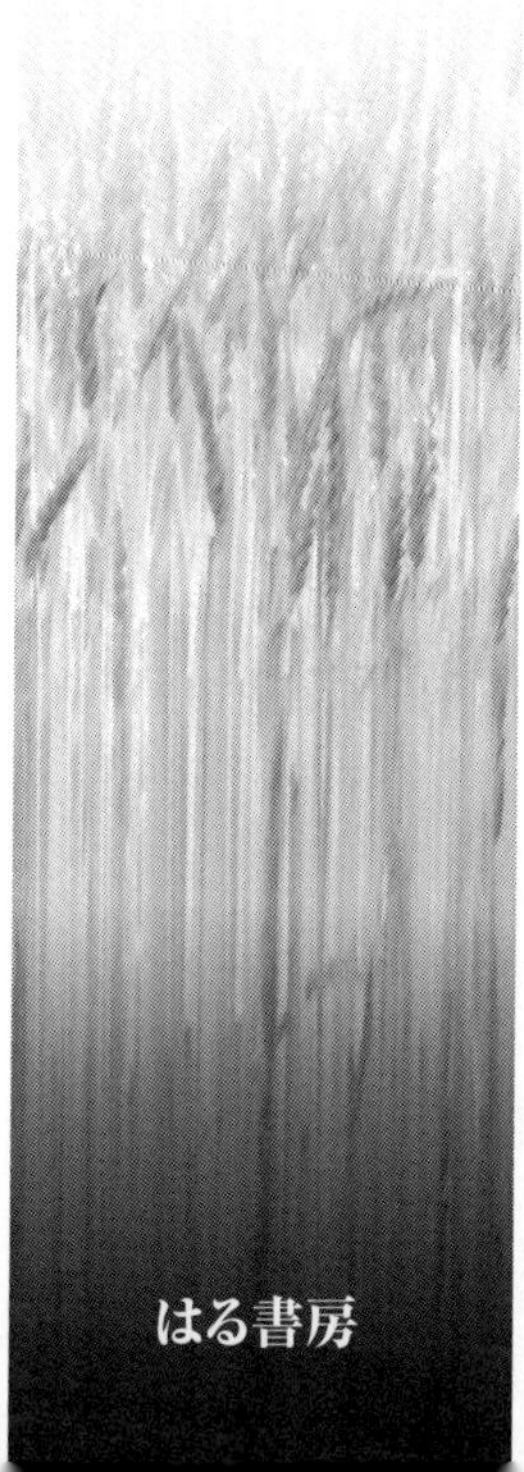

本書は山形の介護・女性情報誌『月刊ほいづん』に二〇〇三年から二〇一二年まで連載されたコラム（「人生ホームストレッチ――ナベさん施設長奮闘記」、「ナベさんの『人生にこにこ講座』」）に修正ならびに加筆したものである。

0――『バケットリスト』に見る最高の人生の見つけ方

甦る『THE BUCKET LIST』

かつてボストンにあるMITスローンスクールの学生寮（エンディコットハウス）にいた頃、毎日、英語の難しさについていけず、のたうちまわっていた。忘れもしない、そのときに出会った奇妙な英単語がある。"THE BUCKET LIST"「バケツのリストって何だい」と同室のアメリカ人に聞いたところ、「それは『棺おけリスト』といって死期が決まっている人が棺に入る前にやりたいこと、見たいもの、体験したいことのすべてを書き出すリストのことだ」と教えてくれた。

あの日から約三十年が経って、突然この単語が私の目の前に現れた。『THE BUCKET

LIST』。日本語で『最高の人生の見つけ方』というタイトルの映画になって、日本に登場してきた。老人ホームの施設長を二〇〇八（平成二十）年三月に退職した私は、大学卒業後五十年ぶりに完全にフリーな生活に入った。そして、これから人生の終止符を打つまでに何をしようかと考えていた矢先なので、早速封切の日に有楽町にある丸ノ内ピカデリーに一人で観にいった。

人生で大切なものとは

ストーリーは、二人の七十歳の男性の余命の生き方の話である。二人の共通点は同年齢で末期ガン、余命六カ月と宣告されたこと。そして仕事の鬼で、仕事以外のことには振り向く意識も時間もなかったことである。

二人はたまたま病院で同室になった。一人はエドワード（エド）。大金持ちで、いつも人をどなりちらす短気者。四回結婚しすべて離婚。人間不信の塊。信仰心もなく、金以外何も信用しない。誰も見舞いに来ず、孤独。

もう一方のカーターは、入院する直前まで自動車修理工として働きつづけていた黒人男性。

秀才だったが貧しいために上級学校へ行けなかった、信仰深い真面目な人。妻と三人の子供に愛され、彼らはいつも見舞いに来ている。カーターはこの人たちを支えるために自分の欲望をすべて殺して仕事一本で生きて来た人物だ。

まるで対照的な二人は同室なので最初から事あるごとに大口論していたが、あるとき、エドが床に落ちていたカーターのバケットリストを見て大笑いした。そのリストの中には「荘厳な景色が見たい」、「泣くほど笑いたい」、「見知らぬ人に親切にして喜ばれたい」と書いてあった。エドは、「何だこれは！　どれもこれもたいしたことではないな」とからかいカーターを激怒させた。エドは「俺なら『スカイダイビングをする』、『ライオン狩りをする』、『世界一の美女とキスをする』がバケットリストだ、実行あるのみ」と叫び、いやがるカーターを連れて病院から飛び出した。二人は大金持ちのエドの自家用小型飛行機で冒険旅行に出発する。

まずスカイダイビングをする。アフリカでライオン狩りをしエベレストへ挑戦もする。そしてエジプトのピラミッドの頂点でシャンパンを飲みながら荘厳な景色を見つつ古代エジプト人の信念に思いを馳せ、生きることの重みを語り合う。

このとき二人には人生の化学反応のような何かが起こりはじめる。人生で大切なものは金でも旅行でもなく友人と家族だ。その関係を大切にすることができれば意味のある人生となると悟る。二人の冒険旅行が終わって間もなくカーターは死ぬ。

その葬儀の際、エドは「自分はカーターに出会って初めて人生の喜びを知った。人生は出会いに心を開くことが大切だ。カーターとの出会いを用意してくれた神に心から感謝したい」と語った。いつもは不信心な彼の弔辞は教会に集まった参加者の心を強く打ち、そこで映画は終わった。

あなた自身の「バケツのリスト」を

この映画は、私たちに自分のバケットリストは何かを真剣に考えたらどうかと問いかけているようである。私はかつて黒沢明監督の『生きる』を見たときと同じような印象を受けた。末期ガンの宣告を受けた市役所の市民課長が、死ぬ前に必死になって市民が望む公園を造る。雪のちらつく公園のブランコで「ゴンドラの唄」を歌い死んでいった彼の生き様（死に様）を思い浮かべたのである。

この映画から学ぶ悔いのない人生を送るためのヒントは、

① まず人生、思い残すことなく楽しめ。今からでも遅くはないということ。
② バケットリストを五年区切りでつくってみること。あと五年で死んでも悔いはないように生きる。そうした生き方を身につけることで人生にメリハリができ、充実した毎日が送れると諸富祥彦氏（明治大学教授、心理学）は言及している。

この映画の主役エドはジャック・ニコルソン（アカデミー主演男優賞三回受賞）、カーターはモーガン・フリーマン（アカデミー助演男優賞受賞）。二人の七十一歳の超名優の演技は息をのむようなすばらしさである。またユーモアと悲しみのバランスの演出は見事であった。

77歳のバケットリスト〜人生いかによく生きよく死ぬか〜◎もくじ

老《ろう》の巻

病《びょう》の巻

死《し》の巻

付：人生ホームストレッチ―ナベさん施設長奮闘記

序　三遊亭大王誕生

1――ジョークのジョーズ（上手）な使い方

ユーモアとジョークの境界線は？

「ユーモア」ということばは一九〇一（明治三十四）年に坪内逍遥が初めて使ったといわれているが、英語の"humour"から来たもののようだ。「ユーモア」とは『大辞林』によると、「思わず微笑させられる上品で機知に富んだ洒落」と説明されている。

ただ、ユーモアを理解するにはことばの教養がいるという（外山滋比古）。正直すぎる人、野暮な人、遊びやふざけが嫌いな人には冗談が通じない。逆にいえば、教養があって心にゆとりのある人はユーモアを持って笑いつつ人生を楽しむことができるということだ。ユーモアで話をする人も聞いて楽しむ人も、人生の達人といえそうだ。

例えば、「秋深きとなりは小便ながき人」（よみ人知らず）という川柳は、「秋深き隣は何をする人ぞ」（芭蕉）という句を知っていることを前提として、「小便とは何だ」と裏をかかれたことに腹を立てずむしろその意外さを面白いと思うと同時に、「何をする人ぞ」に答える形で「小便ながき人」を持ってきてパロディとしてのユーモアを味わうのである。

ユーモアとジョークは面白いという点で同じジャンルに入るが、ジョークの場合は上品とか教養とかいうことはいわず、ただ意外性で笑える話一般を指しているように思われる。スピーチ上手といわれる人、座談の名手、話が面白いといわれる人はどこへいっても人気者だが、その人たちはたくさんの「話の小銭」を持っている。その小銭をどれだけ持っているかが勝負である。

以下にとっておきのジョークをご紹介するので、気に入った話をあなたの小銭袋に入れて、折を見て使ってみられてはいかがかと思う。

ジョーク1

人気落語家の柳家小せんのおかみさんが、湯上がりに新調の浴衣を着て「ねーねー女らしいでしょ……」と小せんに声をかけた。テレビで野球を見ていた小せん、「女らしいでしょ」

というところを「おならしていいでしょ」と聞き間違えて、「してもいいけどあんまり臭いのはするなよ」。

ジョーク2

当時の森喜朗首相が同じくアメリカのクリントン大統領と首脳会談をすることになったときの話。秘書官にせめて最初の挨拶くらいは英語でやりましょうと言われ、挨拶の決まり文句を教わった。まず初めに"How are you?"と言う、するとクリントン大統領は"Fine thank you, and you?"（元気です。あなたは？）と言いますから、首相は"Me too."（私も元気です）と答えてください、と言ったら、森さんは「なんだ簡単なものじゃないか」と言ってアメリカへ飛んだ。

さて、いよいよクリントン大統領に会う段になり、少し緊張していたのか森首相、"Who are you?"と言うべきところを"Who are you?"と言ってしまった。大統領は「あなたは誰だ？」と言われて一瞬びっくりしたが、ひょっとすると森首相はジョークを言っているんじゃないかと思い、"I'm Hilary's husband."（私はヒラリーの夫です）と返してみせた。すると森首相、かねて教わってきたとおりクリントン大統領に大声で、"Me too!"（私もそう）

と答えたのであった。

ジョーク3

朝、出勤前妻が夫に、「あなた顔色悪いわよ」「うん、気分がよくないんだ」「会社休んだら」「う〜ん」「休んだって誰も困らないわよ」「それはそうなんだが……、そのことがみんなにわかっちゃうのが困るんだ」。

ジョーク4

「ねえママ」「なあに」「何もやってない人を罰するのは間違いだと思わない？」「その通り、間違いですよ」「ぼく宿題やってないんだ」。

ジョーク5

「シュザンヌ、シュザンヌ」と寝言で女の名を呼び続ける亭主を揺り起こした妻、「ねえあなた！　シュザンヌって誰なの！」。亭主はさり気なく「あー昨日競馬で賭けた雌馬さ」。

翌日、会社から帰って来た亭主が「留守中、何か変わったことはなかったかい」と問うと、

「ええ別に。あ、そうそう、あなたの賭けた雌馬から電話がかかってきたわ」。

ジョーク6

豪華客船が沈没し、救命ボートも一杯で沈みそうだ。船長は、誰か海に飛び込んでくれぬかと国民性の違いを考えながら声をかけた。

イギリス人には「あなたは紳士ですね」と言えば飛び込む、ドイツ人には「船長の命令である」、アメリカ人には「生命保険をたくさんかけたよ」、命令をされるのが嫌いなイタリア人には「飛び込むな」、日本人にはそっと耳元で「みなさんが飛びこんでいますよ」。

以上のようなジョークを私は講演でときどき使うが、このジョークの使い方にはコツがある。そのコツを頭に入れて使っていただきたい。

1　さり気なく話すこと

2　話す前に「これから面白い話をするから」などと言わない

3　自分から先に笑わない

4　ストーリーは完全に頭の中に入れておく
5　他人に聞いてもらい、話を推敲して何度も練習すること
6　会話を入れること
7　具体的な名前を入れ、なるべく状況を具体的に

2——うけるかどうかは相手次第、あなた次第

日本人のジョーク下手はどうしようもない？

笑いは難しい人間関係をスムーズにする潤滑油である。

アメリカで、アフターディナースピーチに日本人が登場すると外国人は胃薬をのみ始めるという話を聞いたことがあるが、これは日本人のスピーチは下手で、ユーモアやジョークがないからせっかく食べたものがこなれないという、アメリカのブラックジョークである。日本人は公式の場で笑いをとることは失礼なことだと思っているふしがあるからこそ、タモリの「笑っていいとも！」などという人気番組が生まれてくるのだろう。

アメリカには、次のようなジョークがある。

日本人は一つのジョークで三回も笑う。
①　ジョークを聞いたとき
②　ジョークのオチの意味を教えてもらったとき
③　家に帰ってオチの意味がわかったとき

問い　「日本人を月曜日に笑わせるにはどうすればよいか？」
答え　「金曜日」にジョークを言う。

日本人はジョークを理解せず笑わぬ国民と思われているようである。笑わせる技術は笑うことよりも難しい。せっかくスピーチでしゃべったジョークが全然ウケないときは、寒々とした雰囲気になってしまう。

ジョーク五題

ある落語家を夕食に誘って何か面白い話を教えてくれと頼んだところ、「とんでもない、こちらこそ聞きたい。私たちは必死になって何かお客にウケるネタはないかと探しているんです」と言われて驚いたことがある。

それからは私も、話力研究所で学んだり、東京落語会に入ったり、本を読んでひそかにネタを探してはスピーチで使っている。そのジョークが見事に決まって、会場がどっと笑いの渦になった日のスピーチは大体成功である。ここでは、その中で好評を博したとっておきのネタをこっそり読者の皆さんにお教えしよう。

ただし、ネタが面白くても相手にとって面白くなくては意味がない。面白さは、聴衆のユーモアの理解度、こちらの話の仕方によっても違ってくる。面白さの決定権は相手にあることを常に肝に銘じていただきたい。

ジョーク1

もしあなたのジョークで奥さんが笑ったとしたら、それはよっぽどよく出来たジョークか、よくできた奥さんに違いない。

ジョーク2

ある夫婦が久しぶりに二人で外食しようとするとき、女房が身支度に手間取るので夫が「いったいいつまで待たせるんだ」とどなるが、女房の準備は一向にはかどらない、そこで亭主は作戦を変え、「いいかげんにしろ」と大声でどなった後、……最後のひと言。

「それ以上きれいになってどうするんだ」

ジョーク3

何につけても金の世の中、亭主が奥さんに文句を言っている。

「おまえは私の顔を見るとふた言目には金、金と言う。年がら年中、金のことばかりだ」

「だってお金がいるんですもの」

「金、金、金って、もう我慢ができない。今度金のことを言ったら離婚するぞ」

「え？　で、そのときはいくらくれるの」

ジョーク4

あるお母さんが、子どもの授業参観日で学校へ行ってみたら、子どもの習字作品が張り出されている。小学校一年生の我が子の習字をやっと探し当てて書いたのを見ると、「ははたいせつ」と書いてあるではないか。上手な字ではなかったが、あの子はそんなに私のことを大切に思ってくれているのか、少しも知らなかった、と胸が一杯になり、あとの授業参観も上の空で家に帰っていった。

帰る途中、あの子の大好物のお菓子をどっさり買って子どもの帰りを待つ。ところがいつまでも帰ってこない、いつもなら腹が立つが、今日は違う。待ち遠しい。

そして帰ってきた子どもに、最大級のやさしいことばで「お帰りなさい、今日の習字は上手だったよ」とほめると子どもはきょとんとしているが、それがまた可愛くてたまらない。

一方子どもは、「歯は大切」と書いたのがどうしてこんなにお母さんが喜んでくれているのかわからない。

ジョーク5

「失恋したんだって?」

「うん」

「忘れられないのか。女なんていくらでもいるじゃないか」

「それはよくわかってるさ。でも、月に一度はどうしても思い出してしまうんだよ」

「見かけによらずロマンチストなんだな」

「いや、贈り物の月賦が残っているんだ」

3 ―― 社会人落語家、見習いの記

落語で暑気払い

近年は「猛暑日」（最高気温三十五度以上）などという新しい暑さの定義ができ、夏の暑さは昔の比ではないが、まずは小咄《こばなし》の「夕立や」で暑気払いの一席とうかがいたい。

「夕立や～夕立ぃ～」

「へんな商売が来るねぇ、夕立やか。こう暑くちゃしょうがないから、ひとつ頼んでみるか。おーい、夕立やさん」

「へい、お呼びになりまして」

「お前さん、夕立やって雨降らしてくれるのかい」

「へぇ、そうなんでございます」

「じゃ頼みたいけど、いくらだい」

「思し召しでけっこうでございます」

「そうかい、じゃあ三百文ほど頼むよ」

「へい、かしこまりました」、と言って夕立やは後ろを向きむにゃむにゃ何か呪文を唱える。

と、途端にザーッという夕立。

「ほう、大したもんだね。本当に雨が降って涼しくなりましたよ。お前さん、唯の人じゃないね」

「へぇ空の上に住んでいる竜でございます」

「やっぱり唯の人じゃないと思ったよ。じゃあ寒い冬は暖かくしてくれるかい」

「それが私じゃダメなんですよ」

「どうして？」

「冬は倅《せがれ》のコタツをよこします」

七十にして落語家修行

まずマクラに小咄を入れたのには少しわけがある。実を言うと、私は落語協会真打の三遊亭圓王師匠の率いる「三遊会」に入門している。圓王師匠は、昭和の名人として名高い六代目三遊亭圓生の最後の門下生で、明るく品の良い落語家である。

師匠はかつてNPO法人「シニア大楽」のユーモアスピーチの会の講師に招かれていたが、そのうち社会人落語家を育てようという社会奉仕の精神で「三遊会」を立ち上げた。二〇一〇（平成二十二）年が創設十周年に当たり、その記念大会がお江戸日本橋亭（東京都中央区）で開催された。先輩の社会人落語家数人が出演、素人臭はまだ抜けきれていないものの皆、堂々たるものであった。新米の私は入口で切符のもぎりなどをしていた。

一番の古株の三遊亭圓塾さん（元電機メーカー社員）は、羽織を着て舞台に出てくるとその姿、語り口は見事で一見本物の落語家に見える。

私自身は落語家になるというよりも、三遊会に入って落語の研究や話し方の練習を通して楽しい話、ユーモアのある話で周囲を明るくしたいというのが目的で、まさに七十の手習いである。入門のとき、「ワタナベは声が良い、落語は声で決まる」とプロの師匠に認められたのは本当に嬉しかった。もちろん声だけではダメで、練習、練習、猛練習が必要なことは当然である。

真打への道は長い

「笑はせる　腕になるまで　泣く修業」

この句は爆笑王といわれた先代林家三平（一九八〇年没）が次男で二代目の三平に送ったものであるが、噺家になるまでのプロの修業は素人の想像以上であろう。落語に詳しい人は別として、初心者のために落語の基本の「き」をちょっと説明してみよう。

落語家の出世階段の第一歩は前座であるが、その前に「見習い」という期間がある。師匠の家に住み込むかあるいは毎日通い、掃除、カバン持ち、着物のたたみ方など落語家としての最低限の作法を習う。

見習い期間が二〜三年で終わると晴れて「前座」になる。前座になると開口一番として高座に出ることもあり、鳴り物の演奏、メクリ（出演者のビラ）、お茶出し、座布団返し、師匠の着替えの手伝い、電話番、などをやりつつ次第に身も心も噺家《はなしか》になっていく。

前座のうちは登場人物の少ない短めの噺「子ほめ」とか「寿限無《じゅげむ》」などから習っていく。師匠の見本を見、師匠の目の前で演《や》って「やってもいいよ」とお墨付をもらって初めて高座《こうざ》に上ることができる。

前座の次は「二ツ目」に昇進する。二ツ目は相撲でいえば関取になったのと同じで、待遇が違ってくる。たいていの落語家は「真打になったときより嬉しい」と語っている。

まず前座の仕事から解放され羽織を着ることができる。自分だけの出囃子《でばやし》がもてる。名刺代わりの手拭いもつくることができる。反面、これからは自分で仕事を取ってこなければならない。関西（上方）ではかつてこの身分を「中座」といっていたという。

さて、抜擢された人は別として、一般には二ツ目を八〜十年経過すると「真打」になる。落語家の身分の最高位であり、寄席で最後に登場することが許される（関西にはない）。江戸時代の寄席で、最後の演者が高座の照明具であったローソクの芯《しん》を打ち消したことから「真打」と呼ばれることになったという。

真打に昇進すると、名前の入った手拭いと扇子、口上書の三点セットをつくり関係先へ挨拶回りをし、各寄席で披露興行を行い口上とトリを務める（トリとは最後の出演者のこと）。

真打になってしまうとその上はなく、その後の目標がなかなか持ちづらいようだ。

いつまでも日々修行

真打になってから二十五年も経つ柳家権太楼は、これからの目指すところとして次のように語っている。

「日々恥ずかしくないように生きているか、自分の心なり身体に問う。努力を怠っていないか落語の神様に対して常に正直にいようと思います。慢心した途端に、お客様からしっぺ返しがくる。一日一日きちんと過ごすことが目標で、その積み重ねが大切と思っています」と。

人生の秋に生きているわれわれ高齢者は、この言葉を聞くと身の引きしまる思いがする。

人は練磨によりて仁となる　　道元

4——笑いを通して知る人生

まずは小咄三題

今回もマクラに落語の小咄を一席。「桃太郎」である。


「おじさん、落語を教えてあげようか」

「坊や、落語なんてできるの?」

「うん、昔々ね、お爺さんとお婆さんがいました」

「どっかで聞いた話だなあ……」

「……で、二人で川へ行って、一日中ザブザブ、ザブザブ洗濯していました。これでおしまい」

「……おしまいって……坊やね、落語ってのはオチがなくちゃいけないんだよ。これじゃあオチがないねぇ」

「うん、おちないから洗ってんの」

調子にのってもう一つ、「健康のため」。

「あなた、タバコは?」

「吸いません」

「お酒は」

「飲みません」

「遊びは?」

「しません」

「じゃあ何を楽しみに生きているの?」

「うそ、をつくこと」

悪ノリついでにもう一席、「美術館にて」。


「係の方！　この絵はルノワールですわね？」

「いいえ、奥様、それはフェルメールです」

「あらそう、ではこれはモネでしょ」

「いいえ、奥様、それはマネでございます」

「ふん、たいした違いじゃないじゃないの」

……

「あっ、これは私にも分かるわ。ピカソね！」

「いいえ、奥様、それは鏡でございます」


これらの小咄はすべて、私の師匠で真打、三遊亭圓王から習ったものである。落語の修業はこのような簡単な小咄から入っていく。

まず師匠が手本を見せ、弟子が師匠の前で演ずる。一見易しそうな小咄だが、実際に人の前で演じてみると失敗ばかりで何度も師匠からダメが入る。聞くのは簡単だが演ずるのはこんなに難しいものかと身にしみて分かる。

小咄というのは落語のマクラや時間のないときの一席として語られるものだが、一カ所でも言い間違えると取返しのつかないことから普通の落語より難しいといわれている。だからしっかりと「せりふ」を覚えることから始めるのだが、トシのせいかなかなか覚えられない。しかし覚える努力が認知症予防になると思い、七十の手習いとして一生懸命やっている。

落語の基本の「き」は「上下（かみしも）」をきちんとつけることと教えられる。上下というのは歌舞伎の上手と下手からきていて、目上の人（例えば侍や隠居）には上手（高座から は左側）を向いて語りかけることになっている。桃太郎の小咄で子供は左をむいて話しかけ、おじさんは右を向いて「坊や落語なんてできるの」と問いかける形である。

頭を左右に振ることによって登場人物を演じ分けるわけである。せりふとしぐさをハーモニーさせることはなかなか難しく、プロの落語をその点に注目して聞くと実に味わい深く、日本の話芸の深さを知ることができる。

落語の発祥、そして亭号について

落語の原点は御伽衆《おとぎしゅう》（話の上手な人）の出現に始まる。豊臣秀吉は八百人の御伽衆を抱えており、その中で曽呂利新左衛門や安楽庵策伝（美濃の人）が有名。策伝は「醒睡笑《せいすいしょう》」（一六二三（元和九）年）という笑い話の本を出したことから落語の祖といわれている。

落語の芸名の姓に当たる部分を「亭号」という。三遊亭、春風亭、笑福亭、柳家、林家など現在四十ほどの亭号があるという。その中で三遊亭は、江戸時代の初代三遊亭円生から今日まで続く落語界の名門中の名門という誇りがある。

現在社会人落語家で三遊亭を名乗っているのは「円塾」、「王笑」、「良太郎」、「三久」、「流王」、「端王」、「熊王」、「王金持」、「花王」、「そこそこ」など数名であるが、それら先輩たちも師匠からその名を許されるまでには相当な努力をされたことと思う。私もいつかその日が来たら、「三遊亭えんやこら」とか、腹が出ているから「三遊亭布袋」、ナベさんだから「三遊亭おなべ」という名のどれかをいただきたいと思っていたが、あとに述べるように「三遊亭大王」などという大層な名前をもらってしまった。

落語とともに育つ

私が落語を好きになったのには父の影響がある。小学校四年の一九四五（昭和二十）年に東京大空襲で焼け出され、食べ物や住まいの窮乏生活の中で唯一の心の癒しがラジオから流れる落語であった。父はラジオの前に座り込み、子供にも一緒に聞かせて金馬がどうの志ん生がどうのと解説するのを楽しみにしていた。時には上野の鈴本演芸場、新宿末広亭、浅草の演芸ホームなどの寄席に連れていかれた。

今でも忘れないのは三遊亭歌笑で、「歌笑純情詩集」は抱腹絶倒の面白さだった。人気絶頂のとき、銀座のど真中で米兵のジープにはねられて死んだが、戦後の暗い日本人の心に灯をともし落語復興の先兵の役割を果たした。その後、「どうもすいません」の林家三平や、「山のアナアナ」やシルバー向けの「中沢家の人々」のヒットをとばした三遊亭歌奴（現圓歌）が出てきた。

柳亭痴楽も面白かった。破壊された顔で登場するだけで大爆笑。そして「痴楽つづり方教室」が始まる。「柳亭痴楽はいい男、鶴田浩二やプレスリー、あれよりずーっといい男」とスットン狂の声で切り出すと、オナカが痛いほど笑いころげた。昭和二十五・六年の頃の話である。古今亭志ん生も三遊亭円生も生きて戦場から帰国し、第一次落語ブームが起こった。日本は貧しい中にもささやかな幸せを味わっていた時代であった。

一九六六（昭和四十一）年からの長寿番組になっている「笑点」は必ず見ている。落語イコール「笑点」と勘違いしている人もいるくらいの人気番組で、落語普及に大いに貢献している。

「笑育」という考え方

関西大学の非常勤講師を務めた桂文珍は、「笑育」の大切さを語っている。

「日本人はまじめな人が多いのでもっとユーモアの分かる人を育てたい。食育ならぬ笑育をしたい。笑いを通して人間的に成長するのも大事なんです。経験値を高めていけば奥の深いジョークも分かるし落語の楽しさをより理解できるようになる。落語でゆったりと老後の心を癒されてほしいですね」と。

私も七十歳代になって落語の勉強を始めて、本当に良かったと思っている。皆さんもいかがですか。

5——三遊亭大王となった日

「大王」で初めて落語を行う

はじめに一首。

海鳴りと　怒濤飛び散る　銭函の
　石狩鍋の　あた、かさかな　　大王

この歌は、二〇一二（平成二十四）年一月、北海道は小樽市銭函《ぜにばこ》に招かれて、昼は講演「手応えのある人生の生き方」、夜は落語一席を演じたときの作である。「大王」は私の落語家名（芸名）。

銭函はかつて「にしん」で栄えた海岸の美しい漁場で、その当時の好景気から「銭函」の名が生まれ、駅には千両箱のような銭箱がどんと置かれていた。このときは零下七度という寒さと猛吹雪にもかかわらず、百人以上の人が町の公会堂に集まってくれて本当に嬉しかった。とくに講演の後、場所を変えて海岸に面した海鳴り響く絶景の料理屋で夕宴となり、名物石狩鍋を囲んで「オナベと落語の会」が開かれた。出しものは「雑俳」と「結婚式風景」。

私はマクラに「『噺家は笑い上手に助けられ』という川柳がありますが、笑ってくださった方は、私には神様仏様に見えます。三回以上笑ってくださった人には、お一人三万円差し上げたいという……気持ちで一杯です」と話したら皆、「俺は十回笑ったぞ」などと言いながら笑いころげていた。

二〇一一（平成二十三）年十月に三遊亭圓王師匠（真打）から三遊亭大王という名をいただいた。入門してから二年かかった。三遊亭という名門の亭号。しかも「大王」などという立派な名前をいただくのは有難いことだが、いささか緊張する。師匠も仲間もいい名だ、いい名だと言うが、私にはチト重たい。せいぜい三遊亭おなべなら気楽なのだが。大王は英語で「キング・オブ・ザ・グレート」だから、翌年の年賀状に「シロートが　クロート気取りで　グレートに」という川柳を書いて友人に送った。

これから私の噺のマクラは、「エー三遊亭大王でございます。大王にもピンからキリまでありまして、上は閻魔大王から下はつけ麺大王、最近では会社の金百億円をギャンブルに使った大王もいますよね。あれは大王製紙の会長で御曹子だったから制止（製紙）がきかなかったと思います」「私なんぞは買い物のお釣三百円でもしっかり家内に巻き上げられる情けない大王です。どうぞよろしく」とでも言おうかと思っている。

厳しい師匠についての修行の日々

ところで、私の師匠（三遊亭圓王）は人間国宝の三遊亭圓生の直弟子であり、落語界には珍しく名古屋大学の理工学部（地球物理学）の出身。十年ほど前に社会人落語家を育てようと三遊会を創立し、現在約三十人のメンバーがいる。

かつて師匠は、「私はこれからの高齢社会には笑いが必要で、その社会に笑いで貢献できる人を育てたい」と言っていた。まさに落語家のフィランスロピーである。私のライフワーク「フィランスロピー」（社会貢献）と一致しているので、ただちにこの人物が好きになり入門した。また、師匠は「私は落語界では指導が一番うまいと自負している」と明言しているのも立派だ。なかなかそこまで言えるものではない。

稽古《けいこ》は月に三回、師匠の前で噺をしコメントを受ける。兄弟子も厳しい目で見ているので、やりにくい。師匠は優しい口調だが、弱点をピシッと指摘されるので身にこたえる。

箸にも棒にもかからない下手なレベルには、「この人に何か言ってやってください」と他の弟子に問いかける。次のレベルは、「よく覚えたね」と言って重要な部分をやってみせる。その上のレベルの人には段々厳しくなり、「声が全然出てないよ」「早口で何を言っているか分からない」「語尾が聞こえない」「話が講談調で落語になっていない」「オチはさっと切り上げよ」「話が長すぎる、面白くない文章減らせ」「同じことばを何度も繰り返すな」。私は以上のコメントを何度も受けた。

この上の十年選手レベルの人には、さらに厳しい。「その話は無理だ、十年早い。「松山鏡」や「ちりとてちん」、「芝浜」はプロでも難しい。噺を変えなさい」「君は誰に教わったのか、そのくせを直しなさい。三遊亭門下ならば圓王方式を基本にしなさい」とはっきり言う。それでも俺は○○真打に直接教わったから変えられないと主張する弟子は、(噺は相当うまいが) ただちに破門されている。

落語の基本も世阿弥の言う「守」「破」「離」なのだ。まず、師匠の教える通りに徹底的にまねるべきなのだ。子供は素直に聞くが、高齢者はどうしても自分流を主張したくなる。

立川談志は『現代落語論』の中で、この点について明確に書いている。「自分流の話し方は八〇%キケンをはらんでいる。教わった通りに演じるという段階（守のレベル）を経てから、はじめて自分らしさを出すべきだ。また、師匠通りにやっていたら、師匠を超えることが出来ない。次のレベルは、自分らしさを出す演出力がなければ人を引きつける落語にならない（破離のレベル）」と。

あやうく車の餌食に

落語の基本は、①オチ（ストーリー）を覚える、②話術を磨く、③しぐさをつける、と師匠は言う。何よりもまず、原稿をきちんと頭に入れなければならないのだ。七十代のアタマには、これが苦しい。でも、七十の挑戦だ。

朝、また散歩しながら稽古をする。「オイハッチャンヤ！」と口ずさむと、近くにいる子供がヘンなオッチャンといって逃げていった。隅田川の土手のベンチで早朝、練習していると犬をつれた老姿が必ず来る。場所を変えると、その人もついて来る。気持ち悪くて逃げ出したこともある。

あるとき、勝鬨橋《かちどき》の交差点で私の前でライトバンが急停車した。若いお巡りさんが飛んで来て、「赤信号が見えませんか、何をブツブツ言って歩いているんですか。気をつけてくださいよ、ほとんど死んでいましたよ」と大きな声で叱られた。落語のケイコも命がけである。

大王デビューの日を迎えて

そんなプロセスがあって、やっと私の出番が来た。二〇一一(平成二十三)年の十一月十二日、三遊亭大王襲名後の初の高座が、三越本店の近くにある「お江戸日本橋亭」で開催された。羽織は友人の贈りもの、中古だが有難かった。百二十人入る寄席の約半分は、私から前売券を買ってくれた人々である。

緊張して高座に出たとたん、「大王ガンバレ」「ナベサンしっかり」というかけ声がかかった。すっかり上がってしまって、しどろもどろに落語を終えたら、「良くできました」のスットンキョウのかけ声があって会場は大爆笑の渦となった。私はいただいた花束を抱えて何度も頭を下げた。つくづく落語をやっていて良かった、もっと長生きするぞと心の中で叫んだ。

生《せい》の巻

6――男のたまり場　七カ条

男だけの「ディアの会」でウサ晴らし

最近は、女性が強くなって、男の居場所がなくなっているのが日本の一般的傾向である。私が施設長をしていた特別養護老人ホーム「等々力の家」でも、職員の男女比は三対七、利用者は二対八で女性上位は歴然としている。そのような職場では男が一般に、おとなしく優しい人が多く、そのように振る舞うのが一種のマナーとなっているようだ。それで、男たちはストレスが溜まるらしく、男ばかりの飲み会をときどき開いている。

私はその飲み会を「ディア（牡鹿）の会」と名づけた。それは香港にいたときに見つけた名前である。私はかつて香港に住んでいたが、当時（一九七五年頃）はイギリス領であったので、行政、ビジネスの上層部門はイギリス人で占められていた。イギリス人は紳士の典型とされ、地元の人から尊敬の目で見られていた。

ところがあるとき、香港で有名なマンダリンホテルに入ったら、ただならぬ大声がもれてきた。ホテルのボーイに何事かと聞くと、「あれはディアの会＝牡鹿の会といって、毎月一回イギリス人の男性ばかりが集まる会である」という。

許可を得て、その会にもぐりこんでみて驚いた。百人ほどの男たちがワイングラスを手に大声でしゃべっている。「こんな悪い女がいる。早く死んでもらいたい」とか、「昨夜、悪妻が死んだ夢を見た」と言って大笑いしている。あるところでは女性の前では絶対しゃべってはいけないエッチな話で盛り上がり、あるグループはぼそぼそと政治の話をしている。

紳士の国のイギリス人も女性の前では厳しいマナーを守らされ、そのストレス解消をここでしているのだ。ちょっと子供じみているが、ある面、男性として同情した経験がある。その経験からわが「等々力の家」老人ホームの「男の集い」を「ディアの会」としたわけである。

行き場のないオヤジの集まりにも

町田市の「クラブハンドレッド」という団体に招かれて、「定年後の男の生き方、企業人から地域人へ」というタイトルの講演をしたときのことである。この会は、百人の男ばかりの会で地元の環境保全のボランティアや生涯教育講座を続けている。その幹部の人に「なぜ、女性を入れないのですか」と聞いたところ、「男性だけのゆっくりとした、『たまり場』がほしいから」とのことであった。男だけで一息つきたいのだろう。

私はかつて日本福祉囲碁協会の会長をしていたが、会員二百人の中で、女性は数名であった（現在、女性会員は二十人ほどになっている）。女性会員を増やそうと努力したがどうしても増えない。原因を確かめると、男性会員の無愛想にあるらしい。

今の若い人はともかく、平均六十七歳の男性会員は、一般の女性とやさしく会話をした経験がない。接してきた女性といえば妻かスナックのママくらいである。定年後、地域社会に出てご婦人たちに会っても、どうも自然な会話が進まない。話が始まっても「なあママさんよ」とか「君たちオバサンは」などと口走り、女性のゲキリンにふれる。しかもやっかいなことに、男たちはなぜ、女性たちが怒ったかわけが分からずにとまどっている。

けしからんとわめいてみても、今さらこの男たちに教育はできない。このような男たちは「男のたまり場」へ行くほかはない。このような会は「オヤジの会」などの名称で、全国各地に広まりつつある。

長続きの秘訣は

この男のたまり場をさわやかに運営するための七つのポイントがある。このポイントを守れば、長続きする会になる。

① 月に一回のペースで開催し、必ず顔を出すメンバーをつくっておく。
② 単なる飲み会ではなく、また昔話ではなく、世の中の現象を話し合い、時に知り合いの著名人などを呼んでアカデミックな会にする。
③ 幹事はメンバーに公平で紳士的であること。
④ 参加者も大人のマナーを守ること。過去の肩書きをひけらかしたり、自慢話は極力控えること。
⑤ 安い会費（一回二千〜三千円）でおいしい食べものを提供する場所を選ぶこと。

⑥　議論だけでなく、たまにはゴルフ会などをすること。他のボランティア団体と交流すること。

⑦　男ばかりといわず、夫婦同伴の会も開くこと。

女性を招いたときは、くれぐれも自分の話ばかりをせず、女性の話を聞く姿勢が大切。清潔な服装をすること、いつも笑顔を絶やさぬこと、小さなことでも褒めることを忘れてはいけない。そんなことをしたくないから「男のたまり場」に来ているのだという男には、「酒飲んで家で寝ていなさい」と言うほかない。

7——俳句ingのすすめ

シニアも若者も楽しめる

特別養護老人ホームの利用者たちに、「お楽しみは何ですか」とよく聞く。お風呂だ、食事だ、買い物がしたいなどと言われるが、本当にしたいことができないもどかしさに、苦しんでいるように見える。一日中、ベッドか車椅子の上でじっとしている利用者たちに、一瞬でも楽しく過ごしてもらいたいものと、私も職員もいろいろ工夫する。

あるとき若い女性の新入社員が、俳句の会をつくりたいと言うので、ちょっと驚いて「あなたは俳句を何年くらいつくっているの」と聞くと、今まで俳句などつくったことはないが、利用者からそういう会をつくってほしいという要望があったので、自分がまとめ役を引き受けたという。

そこで句会を開くには季語を入れた詠題《えいだい》を決めたほうがよいと言ったら、「夏」ではどうですかというので、「夏」というよりも夏らしい「花火」とか「盆踊り」とか「蝉」、「紫陽花《あじさい》」などがよいと思うとアドバイスした。が、内心、この俳句会は続けられるかちょっと心配になった。

しかし、二十歳の若者と九十歳のシニアとが一緒になって日本文化の俳句を詠むことはとにかくいいことだ、応援するからやりましょうということになった。

思うところを率直に

その句会が開かれ、九十五歳のKさんの投句を見て驚いた。

「逢いたくて　遠まわりする　夏の道」

「逢いたくて　遠まわりする　この道で　今朝も逢えたよ　大好きな君」

無口で耳が遠く、今は車椅子の世界に生きるKさんも俳句を通して、遠い昔の恋を思い出しているのだな、昔は敏腕な新聞記者だったと聞いているがその片鱗が出ているな、と思った。句会は順調にすべり出した。

現在は未曽有の俳句ブームで、詩人三万人、歌人三十万人、俳人三百万人と比喩的にいわれるが、実際は俳人は一千万人ともいわれている。アメリカ人の友人も、英語でつくった俳句をときどき送ってくる。

外国人は「ハイキング」と称して俳句に取り組んでいるが、季語も五七五の形式もないのでそんなものは俳句ではないと文句をつける日本人もいる。が、私はそう目鯨を立てないで日本文化の普及として支援したほうがよいと思っている。

文句といえば、セミ論争を思い出す。

「閑《しずけさ》や　岩にしみ入る　蟬の声」――これはご存じ、松尾芭蕉が山形の立石寺（通称山寺）で詠んだ名句である。ところがこの蟬が、アブラゼミかニイニイゼミかツクツクボウシかという論争がかつて起こったことがある。

斎藤茂吉は絶対アブラゼミだと主張し、漱石門下の小宮豊隆はニイニイゼミだと言い張った。私は、そんなものはどっちだっていいじゃないか、今さら芭蕉に聞くわけにもいかないし、イメージの世界なので読む人が勝手に想像し自分の気持ちのいいように鑑賞したらよいと思うが、いかがでしょうか。

スケッチ、日記としての俳句も

「おい癌め　汲みかわそうぜ　秋の酒」という句もある随筆家の江国滋は、『俳句旅行のすすめ』という本の中で「俳句の良し悪しなど気にすることはない。とにかく作ることである。良し悪しなぞ口にするのは僭越である。五・七・五に季語を入れてあとは『かな』でも『けり』でも好きな結びをつければ良い」と明記している。

それに便乗するわけではないが、私も俳句を一種のスケッチ、一種の日記として気楽につくってメモしておく。すべて駄作だが、その俳句を読むと自分だけが分かるそのときの風景が出てきて楽しい。それは美しい自然であったり、苦しかったり嬉しかったりした私自身の心の風景（心象）まで思い出されるのだ。

二十数年前、三菱セミコンダクターアメリカ株式会社の責任者としてアメリカのノースカロライナ州に在住した頃の句をご笑覧いただいて、この項を締めくくりたい。

摩擦論議　はてなき街や　花ぐもり
（当時日米半導体摩擦が激化。ワシントンのホテルから見える桜が雨に濡れていた）
父逝きて　父そばに来て　水温《ぬる》む

（突然父の訃報が届いた。父の死には立ち会えなかったが、アメリカに行きたいと語っていた父の魂がとんできた）

紫陽花の　ほつほつ咲けり　整わず

（紫陽花が一斉に咲きそろわないように、会社も一度にすべての部門が軌道にはのらない。苦難の時期の感懐）

初詣　社門に向かい　手を合わす

（元旦を迎えたがアメリカに神社はない。日本人社員は会社の門に集合し門に向かって最敬礼した）

アメリカに　家族集える　花の宴

（単身赴任の私を励ましに久しぶりの一家団欒《だんらん》）

なにごとか　望みのありて　草萌ゆる

（二年目でやっと会社も順調、希望も湧いてきた頃）

花水木　お早よう今日も　頑張るぞ

（庭の花水木はいつも私を勇気づけてくれた）

8——私の人生を変えた大切な歌

アメリカでのビックリ体験

以前、産経新聞が「あなたの人生を変えた大切な歌」という題のエッセイを募集していた。一等賞金は百万円である。私も百万円の魅力にひかれて応募しようとしていたが、老人ホームの仕事にかまけているうちに、気がついたら期限が切れていた。そこで、賞金は出ないがここに書かせていただくことにした。

それは、かつてバブルさなかの頃、企業戦士としてアメリカに派遣されたとき、起こった事件。寝ても醒めても仕事一本の毎日、人への思いやりとか優しさ、ボランティアなど思いもよらぬ人生を送っていた頃の話である。

たまたま赴任先のアメリカ、ノースカロライナ州ダーラム市で全米少年野球大会が開催されることになった。思いがけないことに、地元チームの監督から、私に始球式をしてほしいという要請があった。一旦は断ったが、部下が「社長は行くべきだ、企業のボランティア、フィランスロピーだ」としきりに言うので嫌々球場にいくと、平日の昼なのに約二千人の市民が詰めかけていた。

緊張しながら、子供相手にピッチングの練習をしていると、監督がやって来て「知事が突然来たので知事に始球式を頼んだ、あなたはアメリカ国歌の独唱をしてくれ」という。

「とんでもない、ノー」と叫んだが、私をマイクのあるピッチャーズマウンドに連れていき戻ってしまった。

「ミスターワタナベが国歌を歌います。全員起立！」というアナウンスが流れ、国旗がセンターポールにスルスルと揚がっていく。呆然としている私に二千人は息をのんで凝視している。もう逃げられない。やるっきゃないと覚悟して恐る恐る歌い出した。

「オーセイキャンユーシー♫」

情けない声、ニワトリの首をしめたような哀れな声が流れた。すると可哀そうに思ったのか、一塁側に立つ少年野球の選手が可愛い声で唱和してくれて、それが三塁側の子供にも広がり、ついには内野・外野にいる二千人の市民も歌い出し、球場全体の大コーラスになったのである。

歌が終わるや否や、子供たちがマウンドに駆け寄り、私を抱きしめたり、握手したり、もみくちゃにした。次の瞬間、なんと会場から嵐のような拍手が起きた。そして「オーイ、日本人よ、君を今日から友だちにしてやるよ」「君をダーラム市民にしてあげるよ」というダーラム市民の温かい声が聞こえてきた気がした。今まで冷たい目で見ていた同じ人々と思えなかった。

私はマイクを再び握って、「ダーラム市民の皆様、ありがとうございます。Thank you very much」と日本語と英語で大声を出し最敬礼した途端、涙がポロポロととめどなく出てきた。私の下手な歌に対して唱和し、拍手してくれた人たちに、身体が震えるような感動を覚えたのである。

家に帰ると、テレビでその少年野球大会の模様が流れていた。アナウンサーは、「あのにっくき日本半導体会社の社長が少年野球のためにアメリカ国歌を歌ってくれた。彼はもはや敵ではない。友だちである」と繰り返していた。

その日を境に町の空気ががらりと変った。マクドナルドに行くと、店員や客が「ナベさん、テレビ見たよ、よかったよ」とほめてくれる。私はようやく市民の仲間入りができたのだ。この体験が私を変えてしまった。

思いがけずに心の報酬

ボランティアは自己犠牲ではない、小さなことでも人が喜んでくれることをすることには感動があり、感動こそ生きている証しであると悟ったのである。これを「サイキックインカム（psychic income）」=「心の報酬」という。お金に替えられない心の報酬こそ、ボランティアの対価である。

下手な歌のおかげで、人生の大切な教訓を得た。定年になり、老人ホームの仕事や日本福祉囲碁協会を通して碁のボランティアをやりつづけ、充実した毎日が送れるのも、すべてアメリカ国歌のおかげである。

これを書きながら、今もあのときのスタンディングオベーションの万雷の拍手が遠い雷のように耳の奥で響いている。私の人生を良き方向に変えてくれたアメリカ国歌は、私には忘れられぬ大切な歌なのである。

9——懐かしき香港(1)　随郷入郷

香港で得たさまざまな経験

私の人生で、いつの時代が最も面白かったかと聞かれたら、迷うことなく「香港時代」と答える。

初めての海外生活なので、見るもの、聞くものすべてもの珍しく、新鮮な驚きがあった。年齢も若さあふれる三十六歳から四十一歳。仕事も分かりだして自信満々。三十八歳で現地法人の社長になり、家族四人も健康ですべてが順風帆々であった。その後に幾多の苦難が待っているとは、知るよしもなかった。

三菱電機の関連会社に過ぎないとはいえ、社長という肩書きがつくと、会社の代表として日本では会えないような有名な人々に近くで接することができた。その中で大平正芳氏（当時蔵相、のちに首相）や、関根恵子さん（女優、現姓高橋）などは今も爽やかな印象が残っているが、とくに強烈な印象を受けたのは石坂泰三氏（当時経済団体連合会会長）である。

彼は当時八十歳くらいであったが、とにかくよく食べる人だった。日本総領事館に招かれてディナーの広東料理すべてをペロリと平らげ、その後、私と香港ネイザンロードのレストランで二百グラムのステーキをおいしい、おいしいといって平らげた。そのうえ、知識欲が旺盛でフェリーに乗ると、この水深は何メートルか、香港島から何分で対岸の九竜半島に着くか、連絡船の最終時刻は何時かなど、矢継ぎ早に聞き、一通り質問が終わって納得するとポケットから単行本を取り出し、読みはじめる。ふとその本のタイトルをのぞき見ると『アヘン戦争』とあり、しかも英文の本である。世の中で大成功する人は、貪欲な好奇心と超エネルギッシュな体力（そのために食べる）の持ち主であると思い知らされた。

当時の香港日本人会の各社の代表には四人のワタナベがいて、レストランからの請求書が間違って送られてきてお互いに迷惑していた。四人のワタナベの内訳は、日本銀行、三菱重工、日興証券、三菱電機であった。そこで四人が話し合って、日銀のナベさんは「銀ナベ」、三菱重工は船担当であったから「船ナベ」、日興証券は「カブナベ」、私は「デンキナベ」と名づけ、ときどき四人でゴルフをしたり飲茶したりした。

好食飲茶を味わおう

「香港飲茶」の美味しさは特別で、香港人は大好きである。「食は広州に在り」といわれるように、中国人も広東料理は「好食（ホーヤック〈おいしい〉）」と認めている。

中国では「東辣（トンラ）、南甜（ナンティム）、西酸（スサン）、北咸（ペシェン）」という言い方がある。東方ではピリッと辛い味（「辣」）で、四川料理がその代表。南方では上海料理で甘辛い味（「甜」）。西方では酸っぱい味（「酸」）。北方は塩っからい（「咸」）味で、北京料理がその代表である。

「財」が何より大事

日本の二十五倍の広さを持つ中国では料理のみならず言葉も東西南北の方言が大いに異なり、北京人には香港の広東語がまったく通じない。

香港の正月に言い交わされる「あけましておめでとう」という挨拶は「恭喜發財（コンヘイファッチョイ）」と言う。「恭喜」はおめでとうだが、「發財」は儲けましょうという意味。すなわち商売上手な香港人は、お正月から今年も大いに儲けましょうと言っているのだ。「發」は儲けるという意味なので、同じ発音の「八」が縁起のよい数字になる。北京オリンピックで二〇〇八年八月八日八時八分に開会式の花火が上がり、開会宣言がなされたことは、この言葉に由来するものであることがお分かりいただけると思う。

この言葉のゴロ合わせのようなことが正月料理にも関係してくる。正月の料理の中には必ず細くて長いソーメンのような昆布の煮物が入っている（時にはもずくの場合もある）。これは「發財」に関連している。「發（ファ）」は「髮（ファ）」と同音で、「財（チョイ）」は「菜（チョイ）」と同音。菜は惣菜だが、昆布の煮物は髪の毛に似ているから正月は「髮菜（ファチョイ）」を食べながら今年も儲けるぞと香港人は思っているようだ。

「隨郷入郷」の失敗体験

言葉のゴロ合わせのついでに、もう一つ覚えていただきたいことがある。お祝いの贈り物をするとき、とくに開店祝に柱時計を贈呈してはいけないということである。

柱時計は「鐘（ソン）」といい、それを贈ることを「送鐘（ソンチョン）」というが、まったく同じ発音で「送終（ソンチョン）」という言葉がある。その意味は「臨終」となり、あの世に旅立つ人を見送ることを指していて、開店してもすぐ倒産する意味となる。

この習慣を知らずに少々高い柱時計を購入し、取引先の開店祝として意気揚々と私自ら運んで取引先の社長を怒らせ、平あやまりにあやまった若き日のほろ苦い思い出は懐かしい。

「麻雀雖小五臓全倶（テチョソイシウウソンコイチュン）」（雀は小さいけれど五臓はそろっている＝香港は小さいが、世界中のものは何でも揃っているの意）――これは香港を代表する言葉であり、香港人の誇りであると、私の香港人の親友、荘競雄氏、李振國氏、ピー・ワイ・トン氏が教えてくれた。

同時に「随郷入郷」とも言われた。これは日本の諺《ことわざ》に言う「郷に入っては郷に従え」より一歩進んで、郷の習慣をよく承知して郷に入り、日本人の中だけに閉じこもらず土地の人々となじんで気持ちよく過ごしてほしいということ。彼の言葉は社交性や奉仕の精神に乏しい日本人への忠告であったなあと思い出されるこの頃である。

10――懐かしき香港(2)　三菱黄金扇事件

中国人は信頼できないか

『いつまでも中国人に騙される日本人』（ベスト新書）という本がある。著者は坂本忠信氏。元警視庁の刑事であり、中国語の通訳捜査官として一千四百人以上の日本在住の中国人犯罪者を取り調べた経験がある。

　その経験から彼が強く指摘しているのは、中国人というのは日本人が想像している中国人像とは実態があまりにもかけ離れていることを知るべきだ、ということである。そして、中国人は絶対にあやまらない、現行犯でつかまえても、絶対に自分は悪いことをしていないと強引に反論し、ウソをつくのも自己防衛のためと警察で堂々と主張するので取調べの刑事もほとほと困っている、ということなどである。一方で、中国人が日本で犯罪を犯しやすいのは日本人のお人好しすぎる性格と危機意識の薄さに起因しているとも記している。

「日中友好が大切」とか「中国人をもっと信頼すべきだ」と説く日本人には、「もっと相手の態度をしっかり見極めてから、そういうことを言うべきだ」、日本国憲法の前文に「平和を愛する諸国民の公正と信義に信頼して、われらの安全と生存を保持しようと決意した」と明記しているが、他国への信頼に命を預けている命知らずの国民は世界に例がない、と強調している。

私には中国人の親しい友人がいるので、彼の主張は少し厳しすぎるかなと思う点があるが、いつも中国人犯罪者を追っている刑事の目から見れば日本人のノーテンキさに我慢ができないのであろう。一生懸命忠告してくれている姿勢はよくわかる。永年香港に住んでいた私の経験からも、彼の主張する内容にはうなずかされることが多い。

恥を忍んで私の失敗例をご紹介してみよう。題して「三菱黄金扇」事件。

純金の兎をプレゼント

当時（一九七〇年頃）、私は香港にある「菱電貿易公司」という会社の責任者をしていた。家庭電器販売を中心とした会社であり売上げの五〇％は三菱製の電気扇風機で、日本でもナンバーワンのこの製品は香港でもナンバーワンの不動の地位を占めていた。ところが、松下電器はじめ次々と電機メーカーが参入してきて、ある年の夏は松下電器にナンバーワンの地位を奪われてしまった。そこでリベンジの戦略を考えに考えて東京本社に提案した。「金色の扇風機を製造してほしい」と。

当時、扇風機の羽根は水色、空色、緑色がほとんどで金色は皆無であった。私は直感的に、香港人は金色が好きに違いないと思った。香港人は中国人でありながら中国人ではない。イギリス領でありながらイギリス人でもないので自分の国を信用せず、したがって自国の通貨も信頼せず、儲けた分はなるべく金塊に交換していた。

メガネの縁、指輪、時計、ネックレス、イヤリングなどすべてゴールドにしろ、いざというときには金にしていれば安全だからと香港人の友人は教えてくれた。「金の価値と美しさ」、それが香港人を魅了していると思った。

そこで私は、金色の羽根の扇風機を「三菱黄金扇」と名づけて売り出すことをひそかに企画した。さらにその年は中国十二支の兎年であったから、「三菱黄金扇」を購入した人の中から抽選で一等賞二等賞三等賞としてそれぞれ十オンス、五オンス、一オンスの純金の兎の置物が当たるというユニークな販売戦略を立て、テレビ、新聞を使って大々的に宣伝した。

この戦略が見事、図星となり、前年度の二〇〇%ともいえる数量が一週間で完売してしまった。夏が過ぎてもまだ暑い香港なので急遽数千台生産の追加をしたが、それも奪い合いの状態で完売し私は得意満面であった。

そして約束通り、公開で抽選をして当選者とマスコミを一流ホテルのマンダリンホテルに招いて、ディナーつきの表彰式を行った。純金の兎の置物をもらった香港人の嬉しそうな顔や華やかなパーティーの写真が翌日の新聞に記載されていた。

お人好し日本人を演じる破目に

ところが、その日から一週間後、突然一等受賞者から「お前の会社はインチキ会社か、あの兎は純金ではないぞ」とものすごい剣幕の電話が入った。「そんな馬鹿な」と言って急いで購入した宝石店の店主Rに問い合わせると「俺の面子《メンツ》をつぶす気か、そいつこそインチキだ」とどなられた。

Rは永年取引がある店だからまさか騙すことはしないだろうと思っていたら、二等三等の受賞者から次々に「品物は偽モノである、どうしてくれる」という電話が入り、Rへの信頼がゆらいで来た。

その後Rへ何度電話しても通じないので、翌日早朝社員を連れて宝石店に乗りこんだところ、店の中はすっからかん、もぬけの空であった。「渡辺（トーピン）さん、私があなたを裏切る人間と思いますか」と言った彼の言葉を反芻しつつしばし茫然と立ちつくしたあの日のことは今も忘れられない。

私も典型的なお人好し日本人であったのだ。

11　杉原千畝とフィランスロピー

「フィランスロピー」とは何か

私は二十数年前に『体験的フィランスロピー』（創流出版）という本を出版した。その頃一時的流行のごとくフィランスロピーという言葉が世間一般に使われだし、一九九一（平成三）年には日本経団連が「1％クラブ」（企業利益の一％を寄付するクラブ）を設立してその年を「フィランスロピー元年」と称していた。

フィランスロピーは英語で“philanthropy”と綴る。英和辞典には「博愛」「慈善」「慈善事業」などの訳語が見えるが、原語の幅広いイメージが伝えきれていない。最近では「社会貢献活動」とか「社会奉仕」と意訳するケースが多くなっている。しかし「貢献」とか「奉仕」という言葉には、どこかしら義務的なニュアンスが漂う。

フィランスロピーの語源はギリシャ語で「フィロス（愛）」と「アンスロポス（人間）」を組み合わせたもので、それがラテン語になり英語になった。すなわち人を愛すること、博愛を意味するが、いわゆる博愛主義やヒューマニズムと違う点は、これらが心の問題として捉えられ必ずしも行動を伴わないのに対し、フィランスロピーでは行動が必要となる点である。いわば思想と行為のセットであり、自発的に社会の仕組みを変える活動をフィランスロピーの概念として捉えていただきたい。

「ボランティア」「チャリティー」とはどこが違うか

では「ボランティア」とはどこが違うのか。まずいえることは、フィランスロピーは一つの思想あるいは土台で、その上にボランティアやＮＰＯなどの活動がある。フィランスロピーの思想を具現化する手段がボランティアであり、たとえればフィランスロピーが頭でボランティアが手足といえよう。

かつて筆者が創設した「東大附属病院にこにこボランティア」を例にとって説明してみよ

う。新しく建て替えた東大附属病院に百貨店社員約五百名を集めてガイドボランティア活動をする企画を立てた。スタートまでには数々の難関があったが克服し、一九九五（平成七）年に病院内でガイドボランティアが実現した。その結果として患者が喜び、喜ぶ患者を見てボランティアも感動し東大附属病院職員のサービス態度も明るく改善された。そしてそれが全国の病院ボランティアの普及に大きな影響を与えた。

このようにフィランスロピーは社会の根元的な問題を解決し全体の枠組みを変えて生活の質的向上を図る思想と実践行為なのである。

この際チャリティーとフィランスロピーについても一言、申し上げてみたい。

チャリティーはイギリスのチャリティー法（救貧法、一六〇一年）がベースにあり、金持ちが貧者にモノやカネを恵むという考え方で、いわば上から下へのタテの関係である。一方、フィランスロピーはヨコの関係で、同胞愛、共生、パートナーシップの思想が根底にある。

両者の違いを端的に表現するものとして、次のような言い方がある。「飢えた人に魚を与えるのがチャリティーで、魚の取り方を教えるのがフィランスロピーである」と。つまりチャリティーは困窮者への慰めであり、フィランスロピーは飢えや貧困、災害、環境悪化などの原因を取り除くために自発的に力を貸すことである。

もっと知られてよい杉原千畝

かつてアメリカのワシントン市で日本人の人道的フィランスロピストの名に出会って驚いたことがある。その日は雪がしんしんと降っていた。ホテルの近くに「ホロコーストメモリアム」といういかつい建物があり、ふらりと入ってみた。館内は重い空気が漂っており、ヒトラーのユダヤ人迫害の歴史が生々しく掲げられていた。ガス室での大量虐殺の悲惨な写真、太陽を真黒に描く子供たちの絵、ユダヤ人の髪の毛などが大量に展示されていて、見るのも辛いほどであった。

最後のコーナーに来ると、「次の方々が生命をかけてユダヤ人を救った人です」というサインがあり、その中にたった一人日本人の名があった。その名は杉原千畝。

当時リトアニア領事代理だった彼は、外務省の反対を押し切って約六千名のユダヤ人に日本の通過ビザを発給しその生命を救ったが、帰国後、外務省を辞め病死した。しかしユダヤ人は彼の功績を忘れず、一九七四年に「イスラエル建国の恩人」として表彰。日本人の人道的フィランスロピストとして今もユダヤ人の中で語り伝えられているという。

このときに、たまたま彼は私の故郷岐阜県加茂郡八百津町の出身であることを知った。彼はフィランスロピストとして郷土の誇り、かつ日本人の誇りとしてよいと思う。

八百津には現在、杉原千畝を顕彰し「人道の丘公園」と記念館が寄付によって設けられている。

12——すばらしきフィランスロピスト(1)　岩本薫元本因坊

ボランティア碁を打つ元本因坊

ささやかでもフィランスロピー（ボランティア）活動を続けていると、「えっ、こんなすばらしい人がいたのか」と驚かされる人物に出会う。その出会いの喜びは私の人生の思い出ファイルに大切にしまってあり、ときどき開けては古い酒を飲むように、その芳潤な香りに浸って一人至福の時を持つ。ここではその玉手箱の中から、元本因坊の岩本薫先生を紹介してみたい。

先生は一九九九（平成十一）年に九十七歳で亡くなられたが、囲碁の元本因坊（囲碁プロ日本一、一九四六（昭和二十一）年）で日本棋院の理事長を務めた人である。引退後は私が会長を務めていた日本福祉囲碁協会の顧問を引き受けていただき、雨の日も風の日も休まず、渋谷にある協会に来て、約二百人の会員に代わる代わるボランティアで指導してくださった。

会員は会費（男性一万八千円、女性九千円）を払えば誰でもなることができ、研修を受けて「ボランティア棋士」の肩書きで各地の老人ホームや障害者施設、時には刑務所の中へもボランティアとして出向いていく。

岩本先生は恵比寿（東京都渋谷区）の自宅を売って約三億円を寄付し、オランダ（アムステルダム）、ブラジル（リオデジャネイロ）、アメリカ（ニューヨーク）に海外囲碁センターを設立した。日本だけでなく、国際的に囲碁普及に大きく貢献された人である。

生前、先生に「なぜ、そんな大金を寄付されたのですか、どうしてそれほどボランティア活動に熱心なのですか」と尋ねると、「ボランティアというより囲碁が好きでしょうがないのだ。囲碁を通して人を喜ばせたい、私には囲碁しかないのだから」とおっしゃる。そして「私は金持ちだから寄付したのではない。実は、日本棋院の副理事長のときアムステルダム・リオデジャネイロ・ニューヨークに行き囲碁センターを創設する約束をしてきた。これは私の独断ではなく理事会の了承をとってその伝達に行ったのだ。ところが帰国してみると、バブルがはじけ、日本経済がおかしくなり、結局約束が実行できなかった。海外の人々の落胆は大きく、私も日本棋院も信用に関わることになるので大いに恨んだ。その頃、たまたま恵比寿の自宅を高く買ってくれる人がいて、家族を説得して小さな家に移り、差額を寄付することにした。ちょうど自分も八十歳になりカネをあの世に持っていくこともできないので、囲碁の国際化と将来の囲碁オリンピック実現の引き金になればと考え、エイッと決断して寄付してしまっただけ。ボランティアなんて美しい気持ちじゃありませんよ」と言って、アッハッハと笑いとばされた。

慈悲の心で「布施」や「顔施」

また、あるとき、「先生は五歳でアマ六段ほどの実力をお持ちだったそうですが、私は六十歳（当時）でもまだ二、三段です。還暦になればもう成長はあきらめたほうがよろしいでしょうか」と聞くと、先生はこう答えられた。

「大丈夫、死ぬまで人間は伸びるものです。頭は使えば使うほど良くなります。ただプロにはなれないでしょう。大酒呑みは『別腸』といって別の腸を持っているといわれるように、学校の勉強はできなくても碁にめっぽう強い子供がいる。この頭脳を『別智』といい、こうした別智を持つものがプロになっていく」。

さらに「人生で楽しかったことは何ですか」と問うと、「一生碁の人生を貫けたこと、とくに晩年、この日本福祉囲碁協会でボランティア碁を打つのが楽しい、ときどき、私が負けるとみんな『元本因坊をやっつけたぞ』とばかりに嬉しそうな顔をした後ちょっと申し訳なさそうな顔をするのを見ると笑いが込み上げてくる。かといっていつも負けてあげるわけにはいかないがね、ハッハッハッ」。その笑顔はすばらしく、今も忘れられない。本物のフィランスロピストの顔はどこか可愛いく子供っぽく、人生を見事に生ききった爽やかさがある。

仏教には「慈悲」という言葉があるが、「慈」は最高の友愛、友情を意味し、「悲」は思いやりの心を指す。この慈悲の精神と行為を体現した人が菩薩である。菩薩の実践徳目である「六波羅密」には「布施」や「顔施」があり、「布施」は人に物の施しをすること、「顔施」は笑顔を人に与えることである。ボランティアを通して他者への思いやりを絶えず考えている人の笑顔は実に魅力的である。

岩本先生の葬儀の会場には、有名な呉清源、石田芳夫、武宮正樹各元本因坊の顔も見えた。何千人も集まった碁打ちたちを菊の花に囲まれた遺影があのやさしい笑顔で見下ろしていた。

13 ——すばらしきフィランスロピスト(2) ペイン・スチュアート〔プロゴルファー〕

真夏のコンペで優勝

二〇〇八（平成二十）年八月、私は自分の所属する新装なった美しい熱海ゴルフ倶楽部で開催された第六十九回パサニア会（小さな仲間の会）のコンペで優勝した。今回は、ちょっと私の自慢話におつきあいいただきたい。

優勝して、一緒にプレーした滝鼻卓雄さん（当時読売新聞社社長）から巨人軍原辰徳監督直筆の色紙をいただいたことも嬉しかったが、とくに嬉しかったことは、当時七十二歳の高齢で三十五度の真夏日の下、アウト37、イン38、合計75の好スコアで最後までプレーを完遂できたことであった。もう一つは、腰痛が激しく一度はもうやめようと思ったゴルフにまた希望の灯がともり、健康でいる間、いや健康であるためにも老後の大切な趣味としていつまでも続けていこうと思い直したことであった。

トッププロによるまさかのレッスン

さて、私にはゴルフをする度に思い出す人がいる。その名は、ペイン・スチュアート（アメリカ）。彼は一九九一年・一九九九年の全米オープンゴルフの優勝者であり、ハンサムでニッカボッカ姿が大人気のトップゴルファーであった。強いだけでなく、賞金の一部を必ず身障者団体に寄付するフィランスロピストとしても尊敬を集めていた。実は私にとって、ペインはすばらしいゴルファー以上の存在である。

あるとき、アメリカから日本に帰る飛行機の中で、私は退屈してパーサーに「ゴルフの本でもないかね」と尋ねると、「本はないがあなたのすぐ前にあの有名なペインがいますよ」とささやくではないか。

私はちょっと躊躇したが、勇気を出して立ち上がり名刺を出し、「ペインさん、私はあなたの大ファンです。お願いがあります。私にパターのコツを教えてくださいませんか」とおそるおそる声をかけた。するとニヤリと笑って棚からパターを取り出し、「通路でスウィングをしてみて」と言った。

私が言われた通りスウィングをすると、「それではダメダメ」と何度も手を取って教えてくれた。ふと顔を上げると、私の後ろからたくさんの乗客がのぞき込んでいる。有名なペインのレッスンだから無理もない。私は恥ずかしくなって「もうこれで充分です。本当にありがとう」と言ったが、ペインはお構いなしに何度も何度もスウィングさせた。

十五分ほど経つと、ペインは「これで大丈夫。あとは練習あるのみ。ペインのボランティアレッスンはこれで終わり」といって笑顔でウィンクした。機上のみんなから大きな拍手が起こった。私は感動し、最敬礼して何度も「ありがとう」と言って席に戻った。

フィランスロピストゴルファーを想う

同じ年（一九九九年）、十月にたまたま訪来する機会があった。ノースカロライナ州ダーラム市のホテルに到着したその晩、テレビをつけるとペインの飛行機事故による訃報が流れていた。一瞬、私は全身が硬直するほどのショックを受けた。チャーター機で試合に行く途中の事故であった。全米ゴルフ協会も、その死を悼み翌日の大会を中止にして日程を短縮した。テレビや新聞で大きく報道していた。

あの日から十年……。小さなゴルフ会ではあるが六十九回も続いたすばらしい友人たちの集いの中で優勝したことは、ペインからの激励のプレゼントのような気がしてならない。とくに最終ホールで約八メートルの長い下りのパットがカランと音がして入ったときはぞっとし、一瞬ペインの顔が浮かんだ。天国でペインが「よかったね、おめでとう。ナイスプレーだ。でもマダマダ、ダメダメ、練習、練習」と言っているに違いない。

ペインに限らず、アメリカのゴルファーたちのフィランスロピー精神は徹底している。かつてはアーノルド・パーマー、ジャック・ニクラウス、最近ではタイガー・ウッズなどはいつも寄付を含む社会貢献活動に努めているので、プレーヤーとしてだけでなく、人間としても尊敬されている。日本でもPGA（フィランスロピーゴルフトーナメント）が開催されて、賞金の三〇％が身障者団体に寄付され、会場整備にたくさんのボランティアが活躍していることは、嬉しいことである。

さて、私もペインのまねをして、優勝賞金（一万円）にちょっと足して、どこかに寄付しましょう。どこにしようかな。

14——一度は行きたい台湾のこと

懐かしの台湾再訪

二十年ぶりに台湾へ行ったのは、二〇一〇（平成二十二）年三月であった。かつて香港に駐在していた頃、台湾へは何十回と訪れたが、その後アメリカに転勤したので台湾に行く機会がなくなってしまっていた。

このときは珍しく講演の機会を友人K君がつくってくれたので、いそいそと懐かしの台湾へ旅立った。久しぶりの台湾は様変わりであった。新幹線もでき地下鉄もあり、巨大な建物が林立して台北市内は昔の面影はなくなってしまった感があるが、嬉しいことに台湾の人々のほのぼのした感情と親日的な雰囲気は昔と変わらず残っていて幸せであった。

日本人が毎年台湾へ約百二十七万人（二〇一〇年度百十六万人）も旅行し、一方、台湾からも日本へ約百万人もやってくる（北海道が人気）。両地は海外旅行人気エリアなのである。高齢者でなんとなく海外へ行きにくい、行ったことがないという人には、まず台湾へ行くことをとくにおすすめしたい。きっと海外旅行が好きになるはずである。とにかく「近い」「安い」「面白い」「おいしい」「日本語を話す人が多い」、そして「明るい笑顔」に出会えるのである。

知っておきたい台湾

旅立つ前に知っておくと大変役に立つマメ知識をちょっとここに紹介してみたい。

・人口　二千三百万人（二〇一〇年）
・主な都市　台北市（首都、二百六十三万人）
　　　　　　高雄市（百五十一万人）
・面積　日本の約十分の一。九州にほぼ等しい
・台北―高雄間　新幹線あり、約二時間。運賃千二百元（六十歳以上半額）

・通貨　元（一元はおよそ三・三円）
・名称　Republic of China　中華民国。「共産中国」に対し「自由中国」ともいう
・平均気温　二十二度（三月一日は台北二十三度　高雄三十度）
・日本人（在台湾）約一万五千人。企業約一千五百社
・経済　アジア有数の新興工業国。外貨準備高はトップクラス
・主たる産業　ＩＴ関連、パソコン・スキャナー
・成田―台北間　三時間三十分（時差一時間）

台湾の歴史と日本

長らく外来政権下にあった。まず十七世紀にオランダに始まり同時にスペイン人も入ってきたが、中国人の鄭成功がそれらを追い出し政権を握る。間もなく清国が入ってくるが、一八九五年に日清戦争が終わるとともに日本の領土となった。それが約五十年間続いたが、第二次世界大戦後は蔣介石の率いる国民党政府が統治することになった。

台湾人が自らの意思で政権を選んだのは、一九九六年の総統直接選挙が初めてで李登輝

（国民党）、二〇〇〇年の選挙で陳水扁（民主進歩党＝民進党）、二〇〇八年には国民党の馬英九が総統になり現在に至っている。民進党は台湾独自の民族党（本省人）であり、国民党は蔣介石に率いられた中国人（外省人）が中心となっていると考えてさしつかえない。

台湾人の国民性

こういった歴史から台湾人の性格が読みとれる。先住民はマレーポリネシヤ人で、その後オランダ人、スペイン人、福建人、日本人が入ってきて台湾原住民との混血が繰り返された。この混血から、ラテン系の明るさ、熱帯系ののんびりさ、欧州の血をひく美しさ、笑顔の可愛らしさ、まじめさがにじみ出てくる。

頭脳の良さもすばらしい。大学への進学率は八五％。米国一流大学、北京大学への留学が多いが、日本の学生はあまり勉強しないので評判が悪く、日本への留学は減少傾向にあるという。

頭の良さといえば、現在日本の囲碁の名人、本因坊、十段は「張栩」であり日本囲碁の女流名人は「謝依旻」で、両者とも台湾人である。かつての名人「林海峯」も台湾人である。相撲は「モンゴル」、囲碁は「台湾」。日本人としてちょっと情けない。

さらに台湾人の特徴としては、少し控えめで自己主張を強くしない。これは長い間、外来政権に抑圧されてきた歴史がその性格を育てたともいえるが、外国人にとってはその控えめさからくる人なつっこさと人に愛される努力が見えて好印象を生んでいるのではないだろうか。

台湾と日本との関係

一九七二（昭和四十七）年、田中角栄首相が中国との国交を回復したのと同時に台湾との国交は断絶した。

しかし、タテマエとしては断絶しているが、両国民は親しく交わっており、貿易も発展している。ただし大陸中国との関係から日本の大使はおらず、財団法人日台交流協会という民間組織が両国のコーディネートをしている。形式上民間ではあるが、実質としては国家公務員が勤務している。

台湾と中国との関係

両国の関係はきわめてデリケートである。

中国は第二の香港のケースとして台湾に接近し、じわじわと中国へ組み入れようとしているが、簡単にはいかない。最近の台湾内の調査によれば、四〇%は「台湾は独立すべきだ」、一五%は「中国になりたい」、四〇%は「現状のまま」、五%は「分からない」となっており、「ホンネを見通せば、八〇%は独立したいのが実状である」とは台湾に二十年も住んでいた友人K君の意見である。

台湾料理の切り札——小籠包

台湾料理でご紹介したい品はいろいろあるが、ここでは鼎泰豊（ディンスイホン）の小籠包をおすすめしたい。連日行列ができる有名店で、その味は絶品、すばらしい。一皿八個で百八十元（約五百四十円）。

日本でこれに対抗できる小籠包は浜松町の新亜飯店である。この店を三十数年前に私に教えてくれたのが友人、黄茂雄（ホン・マオション）氏で、今や台湾経団連の会長になり大活躍中。二〇〇九年三月にはアジア経済人会議に台湾代表として来日、多忙の中私を昼食に招いてくれて、懐かしの小籠包の話をすることができたのは非常に嬉しいことの一つであった。

15 私にとっての日野原重明先生

百歳にして現役医師

二〇一一（平成二十三）年十月四日に百歳になられた日野原重明先生は、今まさに時の人である。百歳になったから時の人になったわけではない。文化勲章を受け、聖路加国際病院の理事長で現役の医師、新老人の会の会長をはじめ数々の団体のトップを務め、ミュージカルの演出もする。そして、次代を担う全国の小学生に「いのちの授業」を年間五十回もするという超人的人物であることは、よく知られていることである。

日野原ブームに便乗して先生をすばらしいすばらしいと礼讃する人も多い中で、批判する声もときどき耳にする。「いつまでも理事長の椅子にしがみついていないで、早く若い人に譲るべきだ」「いつも同じ話の繰り返しだ、少しボケているのではないか」などと厳しいことを言う人もいる。確かに言われてみればそうかなと思うふしもある。しかし最近、日野原先生に直接にお目にかかることがあって、このもやもやが一度に払拭された。

理事長の地位も彼が望んだのではなく、周囲からどうしても引き受けてくれという強い要請があったからである。「私自身が院長時代、六十五歳定年制を作って六十五歳で引退したので何度も断ったが、どうしてもということなので無報酬という条件で引き受けた」と先生は明言している——無報酬であるが運営は実に見事であることは、患者として六カ月間通院してみてよく分かった。

また、同じ話の繰り返しという批判に対しては、「大切なことは何度も何度も言うべきで、高齢者は伝える義務がある。しかし、よく伝えるために表現を工夫すべきである。その努力は怠ってはならない」とおっしゃる。

最近、百歳記念講演「百歳長寿のコツ」を直接聞き、先生が有言実行しておられる事実を知って驚嘆、感動した。先生は私にとっての大切なメンター（モデル）であり、長寿日本人の生き方のモデルであるといってもいいすぎではないと思う。

ボランティア精神を注入してもらう

私が先生に個人的に接したのは、およそ二十年前のことである。当時、アメリカから帰国し三菱電機本社に勤務していたが、アメリカで学んだフィランスロピー、ボランティア精神を企業の中に植えつけたいと思い、その実践として東京大学附属病院に企業人をボランティアとして参加させようと努めていた。当然のことながら、企業側には抵抗があったが、驚いたことに病院側にも反対論が強かった。苦慮の末、ふと思いついて東大医学部の教授と病院看護部の責任者数人を連れて、日野原先生に会いに行った。

病院長室に入るなり、先生は「こんにちは」とも言わず、「東大の先生方よ、渡辺さんの言う通り一日も早くボランティアを導入しなさいよ。患者は必ず喜ぶ。医師も看護師も職員も、ボランティアから学ぶことが多いですよ。また、企業人のボランティアも生きがいを見つけるでしょう。東大のことは東大にまかせ、渡辺さんはボランティアをしっかりとたくさん集めてください。日本はアメリカと土壌が違うので苦労は多いですが、日本中にボランティアの精神を広めることは非常に大切なことです。頑張ってください」と言われた。

あの日の言葉は、今もはっきりと耳に残っている。優しい口調の中に、あるべき姿に信念を持って生き抜いている人の厳しさを見た思いがした。その一言で東大附属病院側は「やろうと決心した」と、当時東大教授でボランティア導入の責任者であった加我君孝教授は語っている。まさに鶴の一声に感謝である。

患者として日野原イズムに接する

あの日から二十年が経って、今度は私の骨の病気が聖路加国際病院で救われた（この件については、二百頁以下の「平成『病牀六尺』」で詳しく述べる）。病院は日野原イズムが徹底していて、医師も職員も優しく気持ち良い。ロビーには百歳記念書道展として、日野原先生の書が飾ってあった。「書は体を表す」というが、書体も言葉も人柄がにじみ出ているようで味わい深かった。その中の一部を紹介してみよう。

「十年後、二十年後の自分のモデルを探し求めていく欲求は、あなたを衰えさせません」
「どんな災難や不幸も意味があり、人生をポジティブに生かすことが出来ます」
「まず自分を好きになるように」
「愛する人の死を想像してみる」

「あなたの習慣が、あなたの心と体を作ります」

「人はいつになっても生き方を変えることができます」

「悲しみの体験が人をやさしくする」

「ふやすなら微笑みのしわみ」

「あなたは一人きりではありません。支えられるつながりの中に生きているのです」

「今日も明日も与えられた命を感謝で生き、最後にありがとうの言葉でこの世を去ることが出来たら最高の生き方です」


これらの言葉は、読み流さないで噛みしめるように読む。噛めば噛むほど、深い味が出てくるスルメのような言葉である。

百歳長寿十カ条

次に、百歳記念講演で聞いた「百歳長寿のコツ」を要点のみ記してみたい。

一、運プラス努力——努力なしに百歳まで生きられぬ
二、食事——三十回噛め、総カロリー減らせ

三、運動――歩く（呼吸の仕方――丹田式が良い。リズムは、吐いて吐いて吐いて吸う。吐くが大切）、筋トレ（週二回、毎日体重計れ）
四、うつぶせに寝る（オハラピローの使用）
五、新老人の三大スローガン――「愛し愛される努力」「創《はじ》める」「耐える」。とくに「創める」が重要。これまでにやったことのないことを始める
六、笑顔の練習（笑いは人を喜ばせ自分を健康にする）
七、おしゃれをする（老花は美しく）――自分がどうしたらきれいに見えるか工夫する。
八、メメント・モリ（死を想え）
九、ボランティア（人の喜ぶことをする）
十、感謝の心（にっこり笑ってありがとうを言う）
日野原重明先生ありがとう。いつまでもお元気で。

16 ——「幸福を招く三説」を読む

報われる生き方とは

老人ホームの大広間に、春の日差しが柔らかく注いでいる。

「早くお迎えが来ないかなあ。主人は五十年も前に私を残して天国へ行っちゃった。いい男だったよ。私は運が悪いんだ」

Tさんは私を見るといつもこの話になる。九十歳、元「日劇」のダンサーだったというが、今はその面影もない。が、何となく雰囲気がユーモラスではある。

もう一人の九十歳のWさんは、「私は幸せ。何もせず、おいしいものをいただいて、居心地の良いお部屋で皆さんにやさしくしていただいて。歌を歌って、ハッピー」といつもにこにこ笑いながら、ときどき英語を入れて話しかけてくる。白髪の笑顔が美しい。

車椅子にのって要介護度五のシニア群がたむろしている姿を見ていると、何がハッピーで何がアンハッピーか、幸運・不運というものが運命によって決まっているものか、それとも努力によって変わるものなのか、幸運を招きそれを持続させる方法があるものだろうか、など、人としての報われる生き方についてしみじみと考えさせられる。

折も折、百年に一人の頭脳といわれた幸田露伴（明治時代の文豪）の『努力論』に、「運命と人力」「幸福を招く三説」について書かれてあるのを見つけた。すばらしい内容なので、ぜひ読者の皆さまに紹介したいと思ったが、原文は文語体なので、渡部昇一氏が口語体で訳したもの（三笠書房刊）を参考にし、私として重要と思われるものをピックアップしてみた。

運命と人力と

まず露伴は、運命との綱引きに勝つ方法として、次のように述べている。「人間は運命など認めたくないのだが、運命に何らかの法則があるならば知りたいと思うのが人情である。そこにつけ入って占い師や人相見が出てきて、人をもてあそんでいる」と、まず占い師を批判。「我々は理知の灯火に照らしていくべきだ。理知は、運命と人力との関係は我々も知ることが出来る」と教えている。

運命とは何であろうか。露伴は運命について、「一時の次が二時、今日の次が明日、春が去って夏、人間は生まれて死に、地球も誕生して消滅する。これが運命というもので幸運不運などというものは人間のちっぽけな評価にすぎない」と定義している。

さらに成功者と不成功者をよく観察すると、成功者のほとんどが「自己の力」で幸運を呼んだと思っており、失敗者はすべて自分に罪はなく「運命の力」に左右されたと嘆いている。どちらも一半は真実で、このことから運命も存在するが一方人間の力も存在し、両者は車の両輪のごとく働く、という。

ただし、もし運命を引き動かす綱があるのなら、人力で幸運を引き寄せればよいと強く主張している。幸福な人と不幸な人を注意深く見比べると、幸運を引き出した綱を握っている人の手のひらには血が滴《したた》っており、悪運を引く人の手のひらは柔らかくすべすべしていることがはっきりしている、という。

そして、「幸運を引き出す人は常に自分を責め、他人の責任にしないし、運を恨んだりしない。ひたすらつらい事に耐えて努力している」と。この言葉に露伴の運命に対する考え方が凝縮されていて、努力論のポイントとなっているのではないかと思われる。

幸福を招く三説

さて、このつかんだ幸福をさらに積み立てて一日も長くとどめおくために、どうしたらよいか。その望みに対し彼は、「幸福の三説」を提言している。

これは露伴独特の説で、『努力論』の中の白眉《はくび》である。読者はぜひ注目し、ご自身の習慣に取り入れられることをお勧めしたい。

1　惜福（セキフク）

惜福とは、「福を惜しむ」こと、つまり福を使い果たしたりしないこと。「幸福は七度人を訪れる」という諺があるが、調子に乗って目一杯福を使い果たさないよう自らを抑制すること。ただし、吝嗇《りんしょく》とは違う。徳川家康の生き方に、この惜福が見られる。

2　分福（ブンプク）

分福とは、自分の得た福を他人に分け与えること。

分福は人に愛され信頼を得るものであるから、人の上に立つ者は必ず分福の工夫を徹底することを勧めたい。秀吉の成功は分福にあったと露伴は言っている。

惜福と分福は一見相反するが、両者を兼ねるとなぜか幸運に出会うチャンスに恵まれる、とも言っている。

3　植福（ショクフク）

植福とは、十年先百年先を考えて自らの力で人の世の幸福をもたらす物質知識を提供することである。一粒の種子を蒔き、将来のために作業をするフィランスロピー（博愛）の精神である。人類が今日あるのは祖先の植福のおかげであることを忘れてはいけない。

惜福は福を保持し、分福はさらに福を招き、植福は福を創造していくのである。

幸福を招く三説の実行で、読者が幸せを招き、それを持続されることを祈りたい。

17――再び「幸福を招く三説」を読む

「三説」をより深く考える

前回書いた露伴の「幸福を招く三説」について、再度詳述してみたい。

1　惜福――徳川三百年の礎を築く

福を使い尽くさずにおくという心がけを、露伴は「惜福の工夫」と言っている。「受け取ることが出来る福を、すべてとり尽くさず、使い果たさず、これを天といおうか将来といおうか、目に見えない茫々たる運命にあずけておくとか、積み立てておくことを『福を惜しむ』というのである」と露伴。

さらに、惜福の工夫がないために哀れなる末路を見せた歴史上の人物として、平清盛、木曽義仲、源義経などを挙げている。家康は秀吉より器量において数段劣っていたかもしれないが、惜福の工夫には数段優っていたために、徳川三百年の礎を築くことができた、と。

木の実でも花でも、十二分に実らせ、花と咲かせれば、収穫も多く美しいに違いないが、結局はその木を疲れさせてしまう。二十輪の花の蕾を七、八輪摘み取り、百個の実が実らないうちに数十個摘み取ってやるのが惜福である。こうすることで花も大きく実も豊かに、そして木も疲れさせないのが、惜福の工夫であると言っているようだ。

驚くべきことに、露伴は、木を乱伐するな、魚を乱獲するなと、明治の時代において環境問題に警鐘を鳴らしている。まさに現代のアル・ゴアである。アル・ゴアはアメリカ大統領選でブッシュ（ジュニア）に敗れた後、地球環境問題について全世界で講演し、地球の破滅を防げと叫んで、『不都合な真実』という映画まで作って全世界に呼びかけている。露伴も、他人の惜福の工夫も大事だが、国家の惜福も一層真剣に考えるべきだと、明治時代の日本国民に呼びかけているのはさすがで、百年に一人の頭脳と言われただけのことはあると思う。

2　分福――自他の〝情〟のコントロール

分福を一言で言えば、「うまい酒ほど他人と一緒に飲め」ということである。人間と他の動物の異なるところは、おのれを抑えて人に譲り、情をコントロールできることである。人間は、「物が足りなくても心が足り、欲が満たなくても情が満ちる」ことを悟るのが、分福のキーポイントなのである。

露伴は、分福について次の例を挙げている。

ある名将は部下が多くて酒が少なかったので、その酒を川に投じてみなでそれを汲んで飲んだという。その水を飲んでも酔うはずもないが、その名将の恩愛に部下は酔いしれたのである。このように分福の配慮ある名将に対しては、部下も献身を誓わぬ者はない。人の上に立つ者は必ず分福の工夫を徹底しなければならない、と露伴は強調している。私は、分福の工夫は、人の上に立つ者のみならず、高齢者にとっても重要な配慮であると思う。

福を分け与えるという心は春風であり、福の量がどんなに少なくてもそれをもらった人は非常に好感情を持つものである。春風は人の心を和らげ、ものを育む力がある。高齢者は、物・智恵・経験・時間・金を持っている。その一部を若い人へ、また地域に住む人へ、分福をすることによって、高齢者自身も心を満たし、生きている喜びを味わうことができると思うが、いかがであろうか。

露伴は「惜福と分福を兼ね備えた真の福人は少ない」と指摘している。だからこそわれわれは、惜福と分福の工夫に頭を使って生きていくことによって、人生の幸福をつかむことができると示唆されているのではないだろうか。

3　植福――フィランスロピーにも通じる

植福は一言でいえば、リンゴの種子を播くことである。それを成木にすれば、将来、一株のリンゴの木から数百個の実がなり、その一株が数百株になる。スタートは小さなことでも、幸福の源泉となることが植福である。この植福の精神、行動こそが世界を進歩発展させて豊かにしていく。別のところではそれを「フィランスロピー活動」と書いた。

フィランスロピーについて簡単に説明すると、たとえば、飢餓に苦しむ子どもにパンを与えることは一時的満足である。しかし、その子どもに釣りの仕方を教え、自分で魚を釣る力を与えること、それは一時的満足にとどまらず飢餓に苦しむ原因を追究し解決していく行為となる。それをフィランスロピーという。

フィランスロピーは「社会的貢献」と日本語で訳されているが、どうもピッタリこない。露伴の命名した「植福」を訳として宛てたほうが適切かもしれない。

18――賢治と良寛の生き方――その共通するところ

再評価される賢治

以前、「宮沢賢治のデクノボー人間観――長岡輝子（一〇一歳）の朗読を交えて――」というタイトルで講演をした。ところが会場にあふれんばかりの人が集まり、一瞬、私の講演に人気が出てきたのかなとうぬぼれたが、さにあらず。聴衆は長岡輝子さんが来ると思ったようで、ある男性なぞ宮沢賢治が来ると思ったと言い、大笑いし、お詫びもした。

講演のあと、集められたアンケートの中で、「身の引きしまる気がした。自分の人生観をもう一度振り返り反省したい」という感想が八十歳の男性から出ていたのがきわめて印象的であった。戦後、高度経済成長下で何事もハヤク、ハヤクと効率第一の人生を貫き通してきた人々にとって、賢治の言う、デクノボーで良いのだという人生観には何か深く考えさせられるものがある。

たまたま立ち寄った本屋で、梅原猛（仏教学者で文化勲章受賞者）の『日本仏教をゆく』（朝日文庫）を見つけた。なんと梅原はその中で、宮沢賢治を取り上げ、「雨ニモマケズ」にある、人に馬鹿にされながらも、人を愛し、人の為に尽くす「サウユウモノニワタシハナリタイ」と明言した賢治の究極の生き方を絶賛している。このように、日本の大学者が現在でも取り上げているのを発見しただけでも私は嬉しい。

良寛に原型？

他方で、ふとしたことから良寛の生き方を調べているうちに、賢治との間にあまりにも相似点が多いのに驚かされた。私のささやかな発見である。相似点を列挙してみよう。

① 両者とも素封家の長男である。

賢治は岩手県花巻の質屋の素封家に生まれ、良寛は新潟・出雲崎（現三島郡出雲崎町）の名主の家に誕生した。名主というのは武士（代官）と町民や農民の中間の特殊な階級で、経済的には恵まれていた。

② 長男なのに、家を飛び出している。

当時は長子相続の慣習があるにもかかわらず、賢治は質屋を嫌って飛び出し、自耕自炊の独居生活を始めている。良寛も、突然家出し、岡山の円通寺で出家している。

③ 勉学が好きで秀才である。

賢治は三歳で蓮如上人の「白骨の御文」を暗誦し、その後盛岡高等農林を首席で卒業している。良寛も勤勉で、七歳頃から漢学を熱心に学びつづけていた、秀才である。

④ 父と激しい確執があった。

二人とも権力と虚飾を極度に嫌い、父の性格と職業を嫌悪した。

賢治には「父よ父よ　などて舎監の前にして　かのとき銀の時計を捲きし」という短歌がある。父が寄宿舎の舎監に見せびらかすように銀時計を捲いたのは、田舎の金持ちぶり丸出しで恥ずかしいと嘆いている。そして貧しい人々をくいものにしている質屋の仕事にやり場のない反感を持ち続けている（死ぬ前にそのような態度をとったことを父に詫びているが）。

一方、良寛も父と激しく争っていた。当時良寛は栄蔵といっていたが、父の権利と名利を追い求めるみにくい姿を何度も見せつけられ、ついに家出する事態になったと田中圭一（良寛研究家）は記述している。また良寛は三十三歳のとき、師の国仙から印可の偈《げ》をもらったが、寺院と僧侶の腐敗体質を嫌って生涯、寺の住職にならなかった。

⑤　最大の相似点は、「雨ニモマケズ」と類似する内容の漢詩が良寛の代表作として存在していること。そこから推定できる両者の人生の生き方である。

生涯身を立つるに懶《もの》う く
騰《とう》々として天真に任す
嚢中　三升の米
炉辺　一束の薪《たきぎ》
誰か問わん　迷悟の跡
何ぞ知らん　名利の塵
夜間　草庵の裏
双脚　等閑に伸ばす

（［大意］生涯身を立てるに懶く天性のままに生きてきた。悟ったとか迷ったとかの跡を問うことなく地位やお金に執着はない。雨の夜中草庵の中で両足を伸ばしているだけだ。三升の米と一束の薪で充分だ。）

まるで賢治が模倣したかと思わせるほどよく似ている詩である。この両者に共通するものは人生の生き方であると思う。

ともに源流は老荘思想か

つまり、人間は根源的に死が必然という不自由な存在であるが、その現実の中で、どうしたら自由な自己を持ちうるかを考えた「荘子」を両者は学んでいて、その中から「足るを知る」という叡智にたどりついたという点に共通性があると思われる。

モノがこれだけ豊かになっても先行き不透明で精神的に満たされず、年間三万人も自殺者を出す日本。そこに生きていく日本人にとって、賢治、良寛の二大偉人からこれからの生き方について学ぶものがあるような気がしてならない。

19 「花はどこへ行った」と二人のドイツ人女性

本来はフォークソング

第二次世界大戦後六十五年、日本はまことに幸せなことに平和が続いている。平和が続くと少々平和ボケになって戦争への危機感が減り、沖縄の普天間についても、むなしい議論が繰り返されている。この議論の中には、「安全保障条約が破棄された場合、日本はどうやって自国を守るのか」、「戦争が起きた場合、日本はどう対処するのか」の重要なポイントが抜けている。また世界唯一の核被爆国として「もう戦争は絶対に止めよう」という強いメッセージを世界に発信する動きも、一時に比べれば大きく減少しているように見える。

ここでは、「戦争は止めよう」、「いつになったら人間は悟るのか」と強く主張した二人のドイツ人女性についてお伝えしたい。その一人はマレーネ・ディートリッヒ（女優・歌手）、もう一人はカタリーナ・ビット（「銀盤の女王」といわれたフィギュアスケーター）である。この二人は世界でヒットした「花はどこへ行った（Where have all the flowers gone?）」という歌を武器にして、反戦のメッセージを世界に伝えようとしたことで有名である。

この曲はもともと反戦歌ではなくフォークソングで、ピート・シーガ（アメリカ）によって作詞作曲された。一九六〇年代にキングストントリオやＰＰＭ（ピーター・ポール＆マリー）によって歌われ、その爽やかで軽妙なメロディーは次第に広まっていった。私もノースカロライナ州（アメリカ）にいた頃、パーティーなどでアメリカ人が楽しそうにこの歌を歌っているのを何度も聞いたことがある。

ベトナム戦争で反戦歌となる

この歌はベトナム戦争の真只中で兵士が歌い、一躍反戦歌として広まっていった。泥沼化したベトナム戦争に対し厭戦ムードが兵士にも米国内にも蔓延し、そのムードとあいまってこの歌が反戦歌として急激に広がっていったと思われる。

作者のピート・シーガは、「この曲はノーベル賞作家のミハエル・ショーロホフ（ロシア）の『静かなるドン』を参考にした」と記している。この本にはロシア革命の頃のコサック兵の苦悩が書かれ、その中に「コサックの子守唄」がある。「少女はどこへ、コサックと結婚、コサックはどこへ、戦場へ」という歌詞からピート・シーガがインスピレーションを得て引用したとも言っている。そしてピートがモスクワで公演することになったとき、引用したお礼にショーロホフに招待状を送ったが、病気のため残念ながら出席できなかったとショーロホフの娘は語っている。

ここでマレーネ・ディートリッヒの歌をお聞かせできないのは残念だ。私は「花はどこへいった」の講演をするとき、おこがましくもその一節を歌うことがある。「浜辺の歌」のようなしみじみと心にしみ入る歌と想像していただきたい。知っている方は口ずさんでほしい。

小室等（フォークシンガー）の歌う日本語の歌詞は、

野に咲く花は　どこへゆく
野に咲く花は　きよらか
野に咲く花は　少女の胸に
そっとやさしく　いだかれる

原曲は、「少女はどこへいったの。みんな若い男に嫁いでいった。若い男はどこへいったの。戦場へ」と続き、最後は「兵士となって死んで墓になった。墓の土に夏の風が吹いている。墓石のまわりに花が咲いている。いつになったら人間は悟るのか。いつになったら分かるのか」。

ディートリッヒはナチスが嫌い

さて、ここでマレーネ・ディートリッヒの登場である。彼女は一九〇一年ドイツの首都ベルリンの中流貴族の家に生まれた。無名の女優であったが、たまたまドイツに来ていたアメリカのスタンバーグ映画監督に見出されて「モロッコ」「嘆きの天使」に出演し、一躍有名になった。

当時、ナチスのヒトラー総統はドイツに帰ってくるよう再三、命令を出したが、大のヒトラー嫌いな彼女はアメリカの市民権を得て、故国には帰らなかった。マレーネは志願して連合軍慰問のため、弾丸飛びかう戦場に再三出て行き歌を歌い、兵士慰問の功績で、アメリカ市民として最高の栄誉賞を授けられている。

ベトナム戦争の頃マレーネは母国ドイツに行き、ドイツ語で「花はどこへ行った」を歌おうとしたが、あらゆるメディアは「マレーネアメリカへ帰れ、ドイツ語で歌うな」と批判した。それでも断固としてドイツ語で歌い、トマトを投げつけられたという話もある。

歌い終わっても拍手もない会場に一人の若い兵士のすすり泣く声が聞こえ、次第にさざみのような拍手が湧き上がり、あっという間に万雷の拍手に包まれた。そのときろう人形のようにうつむいていたマレーネの顔に輝く笑顔が走った、と偶然この会場にいた五木寛之氏が「ふりむかせる女たち」というエッセイに書いている。マレーネはヒトラーが嫌い、戦争は嫌い、でもドイツは大好き、戦争は止めようと訴えているのだとドイツ人が理解した一瞬であった。

マレーネは一九七〇（昭和四十五）年大阪万博で来日している。一九九二年九十歳でパリで死去し、彼女の故郷ベルリンに埋葬された。最近、ドイツの映画博物館にマレーネ・ディートリッヒ記念堂がオープンしたという。

旧東ドイツの天才少女スケーター、ビット

さて、もう一人のドイツ女性はカタリーナ・ビットである。彼女は一九六五年当時の東ドイツで生まれた天才フィギュアスケーターで、十八歳の一九八四年、サラエボ（当時ユーゴスラビア、現ボスニア・ヘルツェゴビナ）冬季オリンピックで東ドイツ代表として見事、女子シングルの金メダルを獲得、次の一九八八年カルガリー（カナダ）オリンピックでも連覇を達成している。

連覇の翌一九八九年にベルリンの壁が崩壊し統一ドイツになった。ところが一九九一年にサラエボの内戦が起こり、戦火の中で友人たちもたくさん死んでいった。彼女はその状況を見て、既に引退していたがもう一度オリンピックに出場し、戦争は止めようとスケートを通して訴えたいと思った。そのとき二十八歳。ピークはとっくに過ぎていたが必死に練習し、ついに一九九四年リレハンメル（ノルウェー）冬季オリンピックの出場権をかちとった。

オリンピックでは反戦曲「花はどこへ行った」を選んだ。旧東ドイツ出身、クレトマズワ指揮のすばらしい演奏と真赤なコスチュームを着て氷上で心を込めて平和を祈りつつ滑る美しい姿に観客は息をのんだ。

結果は七位ではあったが、割れんばかりの拍手と氷上に投げられた花束の数は全選手中のトップであった。この映像を見る度に私も胸が熱くなる。二人のドイツ女性の頑固なまでの美しく不屈の精神に日本人としても大いなる拍手を送り、戦争は止めようと大きく叫びたいものだ。

＊本稿は、NHKハイビジョンスペシャル　BS二十周年ベストセレクション『世紀を刻んだ歌「花はどこへ行った〜静かなる祈りの反戦歌〜」』（二〇〇九年九月五日放映）を参考にしたためた。

老《ろう》の巻

20——老人パワーならぬ暴走老人

「長命」必ずしも「長寿」ならず

日本はご承知のとおり世界一の長寿国である。と同時に、人口の四分の一が六十五歳以上という超高齢化大国にもなった。毎月ボランティアで老人ホームや高齢者福祉センターを訪問すると、八十代、九十代という長寿の方が元気に生活していることに驚かされる。

日本語の「長寿」という言葉には、長く生きることはすべて幸せなこと、祝うべきことという意味が含まれているが、実際には幸せでないケースもある。永六輔は著書『大往生』で、「長寿と言わず長命と言うべきだ」と述べているが、私もまったく同感である。いつまでも老いの品位を保ちつつ、人に愛されて長く生きて初めて長寿と言えるのではないかと思う。

高齢化で老害も増大!?

ところが、「現代の日本は老害をまきちらす人間が溢れる国になってしまった」と深く嘆いている人がいる。その人は、東急東横線自由ヶ丘駅の近くでカラオケ喫茶を経営している飯塚ひろゆき（芸名）さん（七十七歳）。長く新潟県庁に勤めていたが、定年後プロの歌手を志し、思うところあって退職金をはたいて七年前にカラオケ喫茶を開いたという。
この店に入るとまずシートが渡されるが、驚かされるのは、そのシートに次のようなことが書かれていることである。

「ミミズの戯言」
・私達の国は遂に礼節、徳育を授ける人がいなくなってしまいました。
・劣化した品位のない人間の溢れるこの国。私達、歌を愛するものは日本語の抑揚と音調の美しさに魅せられてひたすらに歌いつづけたいものです。

「楽しい時をすごすためのマナー」

①　大声でおしゃべりしない
②　人の歌を批評しない
③　人が唄っている時は一緒に唄わない
④　歌唱は真面目に
⑤　携帯電話は外に出て

初めてこの店に入ったとき、まずこのシートを見せられた。主人に「これはちょっと厳しいルールですね」と言ったら、「このルールを守らない人は帰ってもらいます。だから毎月赤字です。いつも来る方はこのルールをきちんと守って楽しい時間を過ごしていただいています。日本人の未来の心を守るためにささやかな老後のボランティアとして続けています」とおっしゃる。

このルールを守らず注意すると怒って帰ってしまうのは、六十歳以上の高齢者が多いという。最近市役所や病院など公共の場で、大声でどなっている高齢者をよく見かける。全国の市役所の市民担当者にノイローゼが多発しているようだ。

『暴走老人』の著者藤原智美は、「最近メディアは美しいイメージで老人パワーを賛美しているが現実は違う。警察庁の報告（平成十八年）によると、この十年に六十代以上の暴力事件はなんと十二・五倍と極端に増加していることに特に注目すべきだ」と書いている。暴力事件にはならないが、地域の高齢者センターや病院、ボランティア団体などでみんなに迷惑をかけているセミ暴走老人がうようよしている。その特徴は、

①長々と同じ話をしゃべり続け、人の話を聞かない
②自説を曲げず他人を大声で罵《ののし》る
③自己中心的で自慢話ばかり
④感謝の言葉がまったくない
⑤いつまでも名誉職である会長などの役職にしがみついて離さない
⑥笑顔や謙虚さが全然ない
⑦人が迷惑がっているのに気づかない

一般の人は困った人と思うが、あえて忠告しないで見て見ぬふりをする。「このような頑固老人は次第に友人がいなくなり、人生の最後は淋しい孤独地獄に陥り、死を望む人も出て

くる」とアンドレ・モロア（仏・哲学者）はその著書『年をとる技術』で記述している。

江戸の知恵で老害防止

江戸時代の日本人にも、高齢者に老いの自覚と警告を促した「耳袋——老いのいましめ」という随筆を書いた人がいる。その名は根岸鎮衛《ねぎしもりひろ》。貧しいながら立身し、その素晴らしい人柄で七十九歳まで佐渡奉行などを務めた人物である。その「耳袋——老いのいましめ」の一部を紹介してみよう。

① 又しても同じ噂に孫自慢、達者自慢に若きしゃれ言《ごと》——これ、片腹いたく聞きにくきものなり

② 聞きたがる、死にともながる、淋しがる、出しゃばりたがる、世話やきたがる——これ常に姿見として己が老いたるとかえり見、たしなめてようし

③ くどうなる、気難になる、愚痴たがる、思ひつくこと皆古うなる——これ人あざけるを知るべし

④　よだたらす、目しるはたらす、鼻たらす、とりはずしては小便をする——これ人のむさがる所と恥ずべし（「とりはずす」はオナラをすることである。人前でオナラをして平気でいる老人の羞恥心のなさは恥ずかしいことだと警告している。）

認知症専門医によれば、「前頭葉が萎縮すると、とにかく怒りっぽくなり、ありがとうという言葉がまったく出なくなるのが特徴である」とのことである。身体的衰退に伴う特有の変化と言えるが、それでも、世界一の長寿国の一員として常に人に迷惑をかけていないか、礼儀や謙虚さを忘れていないか、人に喜ばれる言動をする努力をしているか、感謝しているか、を自問する必要がある。それらを常に自問し、老いのいましめを守ることにプライドを持つ人こそ老いの品位のある人と言えるであろう。そういう老人が満ち満ちた日本になれば、貧しくても世界一楽しく暮らせる国になると思う。

これを書いていると、突然「あなたはそんなこと言える資格があるの」と妻の声が飛んできた。「私こそ猛反省する人間だから自戒として書いたんだ。人に説教する資格はありません」と言ったら、疑い深そうな目でにらまれた。

21——高齢者のころばぬ先の杖

高齢者はなぜだまされやすい？

私が現在理事をつとめている社会福祉法人「奉優会」は、二十五カ所の施設で六つの機能を果たしていた。それらは、特別養護老人ホーム、デイホーム、高齢者福祉センター、地域包括支援センター、居宅介護、訪問介護事業などで、すべて高齢者を守る仕事である。

ところが、この守る仕事が簡単ではない。

現在、日本では五人に一人、約二千五百万人が六十五歳以上で、そのうち約一千万人以上が一人住まいもしくは高齢者同士で住み、しかも総計一千四百兆円の貯金を持っている。そのため、高齢者を狙った悪徳業者が激増していて、われわれは油断ができない。また高齢者自身も、ボケていながら自分はボケていないと信じ込み、単独で契約などしてだまされるケースも多い。だまされるまでには至らなくても、高齢者が自分の携帯電話の番号を忘れたり、キャッシュカードの暗証番号を忘れて使うことができない状態に陥ることもよく起こる。

昨日まで人の事だと思いしに　今日はおいらか　こいつたまらん　一休

こんなうたがあるように、読者も他人事ではなく「明日は我が身」と思って以下を読んでいただきたい。

だまされやすい高齢者にならないために

悪徳商人がだましやすい高齢者の特徴は、

① 昼間一人で自宅にいる人
② 人を信じやすく優しい言葉に弱い人
③ 強く勧められると断れない性格の人

④ 健康や家の耐久性などの不安につけこまれやすい人
⑤ 誰とも相談しない（契約を単独でする）人
⑥ 被害に気づいていても他人に言わない人
⑦ 判断力が低下した人や認知症の人

などで、われわれがいくら注意していてもご本人および家族がしっかりと見守らなければ防衛ができず、大きな被害が発生する。

以下に、悪徳商法の例を挙げてみよう。

点検商法

誘い文句は、
「市役所の方から耐震診断に来ました」
「マンションの管理組合の方から配水管の点検に来ました」
などで、このような文句に簡単にだまされ法外な見積りの契約にサインして、後から大騒ぎになる。

以前八十歳代の高齢な姉妹が六千万円のリフォーム契約にサインした事件を思い出される

方もいると思うが、点検商法は全国で発生している。

この対策としては、

① 事前に連絡のない業者は決して家に入れないこと、事前にあったとしてもよく身元を調べること。

② 点検やリフォームは信頼のある地元の業者に頼むこと。

③ 契約する前に見積りを取り、周りの人とよく相談してなるべく一人で契約しないようにすること。

振り込め詐欺

いわゆる〝オレオレ詐欺〟で、子どもや孫の声を使って現金を振り込ませる。最近は弁護士や警察官を名乗って、示談金名義で金を支払わせる手口も多い。

この対策としては、慌てないでいったん電話を切り、家族に相談すること。絶対に現金をすぐに振り込まないこと。

次々販売

最初は、「お話し相手になります」、「高齢者の方のみ無料招待します」、「この健康器具で長生きできます」などということばで引き込み、高齢者の淋しさにつけ込んで次々と商品を売りつける方法。

防御策としては、絶対一人で契約をしないように普段から注意をしておくほかない。最も重要なことは、「ボケ始めたら自分のお金をどのように守るか」である。

「ころばぬ先の杖」のその前に

人によっては四十歳、五十歳からボケ始めると言われるが、ある日突然キャッシュカードの暗証番号を忘れるときがくる。その日のためにどんな対策が考えられるか。ここでは二つの方法を紹介しよう。

一つは、判断能力は鈍ってきたが本人が契約ができる能力がある場合で、このときは地域福祉権利擁護事業を利用するとよい。これは自治体等が本人の日常生活（お金の管理を含め）を支援していくもので、地域の社会福祉協議会の専門員、もしくは支援員に相談することをお勧めしたい。この制度は今後高齢化がさらに進むにつれてきわめて重要なものになっていくと思う。

二つ目は、認知症等の症状が進み、自らでは判断能力が不充分の高齢者の財産を守る制度である。これは民法の「成年後見制度」というもので、家庭裁判所へ申し立て後見人を選任する「法定後見人制度」と、あらかじめ判断能力が衰えたときに備えて任意に後見人を決め公正証書による契約を行う任意後見制度がある。「成年後見制度」は地域の社会福祉協議会でも行っている。

これらについては、二〇〇六（平成十八）年四月から全国的にスタートした地域包括支援センター（別名あんしんすこやかセンター）に相談していただきたい。

いずれにせよ、すべての人にいつの日か〝老いるショック〟がやってくる。その日のためにこの拙文が「ころばぬ先の杖の材料」になれば幸甚である。

22——ボケ予防に囲碁がいい

ボケの症状はさまざま

老人ホームで働いていると、認知症の話が出ない日がない。はじめにお断りしておくが、本書では認知症をあえてボケと書かせていただく。

例えば「この人は認知度が高い」「若いのにもう認知症にかかっているね」などの会話がみだれ飛ぶ。ケアマネージャーに認知度はどのような基準で決めていくのかと聞いたところ、長谷川式と称する認知度を五ランクに分類した表を見せてくれたが、自立度の一般論を示しているだけで、詳しく質問すると満足する答えが返ってこない。

それもそのはず、意外に専門家の間でも完全な定義というものは確立されていないと医師も認めている。世の中の通念としていわゆるボケは、「外見は元気そうだが人間としての理解力、判断力、自発性がなくなって、一人の人間として通用しなくなった状態」と定義されているようである。

この現象は高齢者だけでなく五十歳以下の若年層にも起こるようで、統計的には六十歳以下の認知症は一〇%以下と報告されている。どんなに長寿国日本と胸を張ってみても、ボケた状態で生きていては意味がない。なんとかボケの症状を起こすのを予防できないものか、というのが高齢者の最大の課題である。

こういう人がボケる

ボケの原因の九〇%以上が老化と脳を使わなかったことによる廃用性萎縮であるという。廃用性萎縮というのは、定期的にその部分をある期間使わないでいると起こる現象である。したがって、脳を使うには何をしたらよいかがここでの一番大切なポイントであるが、それを示す前に、ボケやすい人の特徴を挙げてみたい。これは脳神経外科医師の金子満氏が約二万人以上の痴呆症例を診てきたデータから見出しているものであるから、傾聴に値する。

男性については、①いつも理屈っぽくユーモアがない人、②笑顔が少なく、いつも怒ったような顔の人、③生活パターンが一定し、いつも同じ服、同じ時間に同じ道順を通っている人、④地位や名誉にひどく執着する人、⑤音楽や絵画に無関心な人、⑥家族の話題にのってこない人、⑦休みの日、外に出るのにも背広にネクタイを着用する人、⑧犬、猫、鳥、花に感動しない人、⑨外聞や面子を非常に気にする人。

会社の中では、①会社の同僚とあまりつき合わない、②上役に絶対服従、部下に居丈高な態度をとる、③計算が細かくケチである、④仕事一辺倒で趣味がない、⑤決められた仕事はきちんとするが、新しい職場の改革はうまくできない、⑥盆暮の付け届けにひどく熱心、⑦仲間の昇進に過敏に反応する、⑧職場のスポーツ大会などにはつきあわない。この中で半分以上当てはまる人は要注意である。

一方、女性でボケやすい人の特徴は、①融通がきかず決められたことだけを頑固に守ろうとする、②笑顔が少なくユーモアが言えない、③PTAやNPOの役職につくことをひどく名誉に思う傾向がある、④センスが悪くブランド品にすぐ飛びつく人、⑤人の噂や陰口を言うのが好き——この項目の過半数に合致する人は要注意である。そして男も女も、自分が認知症であることをまったく気付いていないことが一大特徴といえるであろう。

碁打ちにボケなし

さらに金子氏は、ボケ予防のために右脳を鍛えることを強く主張している。一流の大学は右脳が開発されていなくても入れるが、その人々の中で仕事以外に趣味のない人は淋しい晩年を送っていることが多く、定年後すべてに意欲を失い早々にボケてくる。その意欲は右脳と関係があり、生き甲斐を見出すのはすべて右脳であるという。そして右脳を刺激するのが囲碁であると学会でも発表されている。

金子氏の「碁打ちにボケなし」という結論は、十八年前から浜松市の老人会の痴呆健診においてテストを行ったところ、全員がボケとは無縁で軽度痴呆すら見つからなかったという事実から見出されたものである。確かに高齢者福祉センターなどで、碁はカラオケ、体操とともに人気はいつもベスト3に入っている。そして碁を打つ人はみんな生き生きしている。

また、その人生も見事な方が多い。私に辛抱強く丁寧に囲碁を教えてくれている中学・高校同級生の黒川喜市君や日本福祉囲碁協会顧問の曲励起九段（八十八歳）に心から感謝し、人の生き方のモデルとして学ばせていただいている。

私も、日本福祉囲碁協会のボランティア棋士として、人に喜ばれつつ、自分自身のボケ防

98歳の弟子、秋元婦み子さんと

止のためにも、各地の高齢者福祉センターで定期的にボランティアとして利用者の碁のお相手をしている。特に現在、練馬（きらら）での〝やさしい碁〟入門講座に九十七歳の秋元婦み子さんが毎月来てくださるのは嬉しい。

皆さんも碁を始めませんか。

23
アンドレ・モロアに学ぶ「年をとる技術」

他人から見れば立派な老人

人はいつから老人になるのであろうか。

老人クラブの入会資格は六十歳であり、六十歳は還暦ということで私もそのときには赤いシャツなどいただいたが、自分が老人の仲間に入ったとはどうしても思えなかった。

世田谷区には百三の高齢者クラブがある。二〇〇七（平成十九）年度からは団塊世代の約三万七千人が六十歳に達し定年退職する人が出てくるが、ほとんど高齢者クラブに入ってこない。「老人」という名がいやだから「高齢者クラブ」と名を変えてみても、六十歳の人は自分を老人とも高齢者とも思っていないからなおさらだ。他人から見ればもう立派な老人であっても、自分では寄る年波と自覚できないものだ。毎月世田谷区桜新町の高砂会（老人クラブ）でボランティア講演をしているが、集まってくる人はほとんど七十歳以上で皆元気に歌い、しゃべり踊っている。老人クラブの中でこんなに元気でまとまっているところは珍しい。

女性が「私のようなオバアチャンは」とか「私はもう年だから」と言ったときのあいづちには特に注意せよと教えてくれた人がいた。女の人は、自分は年のわりにはしっかりしているつもりだけど他人はどう思っているか不安なので、相手が「オバアチャンなんてとんでもない」と強く否定してくれるのを期待しているらしい。なのに、「人間誰でも年をとるので仕方ないですよ。お年のわりにはまあお元気じゃないですか」などとは間違っても言ってはいけないと。

年をとるということは…

これらの老人の心理について、フランス人哲学者のアンドレ・モロア（一八八五〜一九六七）は『私の生活技術』という本の中の第五章「年をとる技術」という項目に詳しく書いているので、その一部を紹介してみよう。なにしろ人は初めて老人になるのだから、老人たる術を持った人はきわめて少ない。この際「年をとる技術」について読者の皆さんも一緒に考えてみませんか。

「十一月の朝になって疾風が巻き起こる。金色の木の葉が吹きちぎられた背後に冬の骸骨めいた木立が突如として姿を見せる。」

「壮年から老年時代にかけては移り変わりが緩慢なので本人は気がつかぬ。」

先般、私の「人生にこにこ講座」に参加してくれた中の一人が立ち上がって、「私は九十一歳だが知らぬ間にこの年になってしもうた」と発言した。参加者一同はその人を見つめながら、年をとるということはそういうものかと考えさせられた。

モロアによれば、「老人とは白髪とか顔のしわとかいうものより、もうなにもかも遅い、もう自分の時代ではないと思う心のしわが老年特有の感情である。老人の真の不幸は肉体の衰えではなく心が何も動かないことである」と。

頑固な老人が陥る孤独感

「老人は人の話を聞かず自分の話ばかり。自慢と昔話の繰り返しが多い。そして新しい技術や音楽や若い人の話し方に文句をつけたくなる。」

わが身を振り返り、まことに耳が痛い。あるとき、わが老人ホーム利用者の家族が来て「ここの職員の言葉づかいが悪い。チョーサムイとかチョーオモシロイなどという言葉を使わないように施設長はしっかり教育すべきだ」と叱られた。「どうもすみません。注意します。美しい日本語は残したいですね」と言ったものの、心の奥底では、時代が変わったことに気づいてもらいたいなあ、モロアのいう老人はこういう人なのだ、とも思った。

モロアはさらに、「そういう頑固な老人の身辺には一人一人友人がいなくなって砂漠の中に一人という孤独感におそわれる。そして死を望む人も出てくる」と説く。高齢者の自殺者が九年連続三万人以上という悲しい記録は長寿国日本に何かが問われているのではないかと思われる。

オヤジからジジイに脱皮をはかる

モロアの言う「年をとる技術」とは、不幸と闘う技術であり一生の終わりを楽しくする技術である。そのために老人のとるべき道は二つあるとモロアは示唆している。

その一つは「決して意気阻喪しないこと」。意気阻喪の原因である孤独から逃れるには、利己的で頭が高い自分を抑え、鷹揚で謙遜し情愛深くうるさくない老人になるように努力すること。

もう一つは「老人であることを受け入れること」。老年は凪ぎ渡った年、あきらめの年、幸福の年、で老人は老人らしく振る舞うべきだという。

子供から少年、少年から青年、青年からオヤジと登っていくが、オヤジからジジイに脱皮するのが難しい。初めて下り坂になるからだ。そこを思い切って脱皮して、老人らしい好奇心を無垢のまま持ちつづけ、人々に感謝しつつ一日一日を丁寧に生きている人はすばらしいと、アンドレ・モロアは私たちに語りかけている。

24 ―― 人も社会もイライラ

ビートたけしに激怒する老人

都内の高齢者福祉センターで講演した直後、大声で怒鳴られた。原因はビートたけしの「友達」という詩であった。この詩を講演の最後に読みあげた。

友　達　　　　　　　　　　ビートたけし

困ったとき、助けてくれたり
自分のことのように心配して
相談に乗ってくれる

そんな友人が欲しい
馬鹿野郎、
友達が欲しかったら
困ったときに助けてやり
相談に乗り
心配してやることだ
そして相手に何も期待しないこと
それが友人を作る秘訣だ。

私の好きなすばらしい詩である。ところが読み終わった途端、一人の高齢者が「反対」と言って立ち上がり、「〝人生にこにこ講座〟の講師ともあろう者がビートたけしが不良で無法者であることを知らないのか。俺は大嫌いだ。この話は取り消せ」と大声で叫んで部屋から出ていった。私も他の聴衆もあっけにとられ、実に不愉快な雰囲気に包まれた。

老人は鬱屈している？

またあるとき、高齢者福祉ふれあいセンターの駐車場に「駐車させよ」と突然飛び込んできた男性の区議会議員がいた。センター長（女性）が「そこは障害者のための駐車場ですのでご遠慮ください」と言ったところ烈火のごとく怒りだし、常務理事の私も責任者として出てこいと呼び出され、その区の部長の前で「俺を誰だと思ってるんだ」と約二時間ほどもまくしたてた。あとで区役所の部長から、「あの人はどこでもあのように爆発するので我慢してください」と言われたが、今でもそのことを思い出すと不愉快な気分になる。

以前テレビでこんなニュースを報道していた。六十歳の男がタバコを自動販売機から買おうとしていた。動作がゆっくりしていたので後ろで待っていた七十歳の男が「早くしろ」と文句を言い、殴り合いになって七十歳の男が翌朝死亡したという。なぜこれくらいのことで殺人事件になるのか。多くの人は大人気ないと思うだろうが、現実に起こったことなのだ。

そのほか、レストランでは「なぜこんなに待たせるんだ」と怒鳴り、皿を投げつける人。スーパーでは「応対が悪い」と怒り、店の責任者を呼びつけ店員を並ばせて延々と叱りつける人。病院の受付や市役所市民課の前で怒鳴っている人。このような光景を近頃よく見かける。都心部の駅でも乗客の暴力行為が頻発しているという。

駅員のほうでも身を守るために「お客様対応ハンドブック」をつくり、危険防止策を用意している。そこでは対応法として、〈複数人で対応すること〉〈客の手、足の動きに注意する〉〈酩酊者には背中を見せない〉などと記述されている（日本民営鉄道協会作成）。

男の六十は危険な年齢《とし》

このようにキレル大人に共通していることは、六十歳以上の男性だということである。孔子は「六十にして耳従う（何をきいても素直に耳に入るようになる）」、「七十にして心の欲する所に従って矩《のり》をこえず（心おもむくままに行動しても道理を外れることがなくなる）」と「論語」に書いているが、それは理想的な人間の姿を示しているのだろうか。

また原因の八〇％は〝憤怒〟である。若者だけがキレルと思っていたらとんでもない、分別を備えているとされる大人たちが怒りを抑えられず暴走するケースが増えているのだ。

なぜ新老人群（六十～七十歳）が暴走するのか、私なりにその原因を考えてみた。

一つは〝淋しさ〟〝居場所のなさ〟である。「リタイアして家庭にも社会にも居場所がなく、仕事一本で生きてきたプライドはあるが地域社会にそのまま受け入れてもらえぬイライラ」「人にかまってもらえぬ孤独感」「この社会の中で埋もれていく自分をもう一度社会に露呈させたいという欲望（自己顕示欲）が満たされぬイライラ」であり、そのプライドを傷つけられると突発的な怒りが爆発する。

もう一つは「社会の情報化にスムーズに適応できぬイライラ」である。過去の経験則そのままでは社会適応への妨げとなっていることに気づいていない。「自分だけのサービスを要求する消費者の過剰権利意識の高まり」「身体的苦痛のイライラ」もキレる大きな要因となっていると思う。

そして社会全般を見ると、そのような勝手な行動を抑止してきた地域コミュニティも崩壊し、地域のご意見番も姿を消している。暴走老人の歯止めがきかない時代に突入してきたように思えてならない。

暴走老人たちも実は淋しくてたまらないのだ。自分で自分をコントロールできなくなっている時代の産物なのだ。

この人々を見て見ぬふりをせず、何か手を差し延べる方法はないものだろうか。

25
――二十歳の君に伝えたい言葉

四百万人のニートを生みだす社会

何となく、
今年は良い事あるごとし。
元旦の朝、晴れて風なし。　啄木

毎年一月一日は勤めていた老人保健施設に出勤し、入所者を励まし、その笑顔に包まれて箏曲《そうきょく》「春の海」を聞きつつ正月のお節料理の検食をする。そして玄関に立つ布袋《ほてい》様に柏手をして今年の無事を祈るのが、施設長の初仕事であった。

今回は、正月元日に思ったこととして、「息子に伝えたい言葉」について述べてみたい。

以前、「孫に伝えることば」というテーマで「にこにこ福祉講座」の案内をしたところ、「孫」という言葉には高齢者の関心が高いらしく、参加の申込みが殺到したのには驚かされた。

参加者の平均年齢が七十五歳なので、孫といっても二十歳前後の、これから世に出ていこうとする若者が大部分になる。こういったテーマを設定したのは、最近の日本における若者のいじめ、自殺、殺人をはじめとする無軌道さの責任をみなが先生や教育委員会に転嫁しているが、一体親は何をしているのかという疑問から出てきたものである。両親やジジババは家庭教育にどれほど力を割いているのだろうか。

「人生を楽しく生きるにはどうしたらよいのか」という親の人間知を孫や子息のために残していくのも、親、ジジババの義務的役割ではないだろうか。このような人生の知恵を若者に伝授する人がなかなかいない。戦後は特にいなくなった。学校でも教えないし、教えられない。親も忙しさにかまけ、子どもの自由に任せ、個性を伸ばすという美名のもとに放任主義をとり、結果は四百万人のニートが生み出されるというみじめな日本の現状を生んでいる。

伝えるのは父親の義務であり特権

たまたまこのテーマにぴったりの本がイギリスで三百年前に出版され、驚くべきことに内容も現代に十分通用するものであるので、ご参考までに紹介してみたい。

本のタイトルは"Letter to His Son"（『わが息子よ、君はどう生きるか』）というもので、作者は一七七四年にイギリスの教養人で大臣でもあったフィリップ・チェスターフィールド氏。人生論の教科書として、全世界一千万人に読み継がれた名著である。

中身は、彼がオランダ大使でハーグにいたときに生まれた息子が二十歳になった頃に書いた手紙である。息子はパリに留学していて、多忙な父親は何もしてやれない、せめて手紙でもと思い立って、こつこつと人生全般について書いている。

その手紙のところどころに、「こんなことは話したくないが、君の参考になるかもしれないので恥をしのんで私の体験を書く」と述べ、若者が陥りやすい遊びの「落とし穴」などについても書いている。また、「こんなことを世間の人が読むと、もっとましな進言をすべきだと多分軽蔑しきって批評する人がいるかもしれない」とか、「息子の君も、そんな小さなことは馬鹿馬鹿しいと思うかもしれない」というような、照れくさがっている記述がしばしば出てくる。日本人の父親も、もし「伝える言葉」を書くとしたら、まったく同じ心境になると思う。しかし彼は勇気を出して、次のように語りかけている。

「君に言っておきたいことがある。私の愛情は君も知ってのとおり、やわな母親の愛情とは違う。欠点をしっかり見つける。それが父親の義務であり特権である。一方その指摘された点を改めようと努めるのが息子としての君の義務であり権利であると思うのだが、どうだろう」と。そして、「私の人生の経験から選りに選んで愛情をもって我が息子に与える言葉は、絶対他人にはできないものだ。さらに私が二十歳から人生をやり直せといわれたら、私は絶対次に述べる方法をとりたいと思う」などと心をこめて記している。

この本を再三通読した私自身が、もっともだと思い、読者にとっても素晴らしい忠告だと考えられるものを選び出して紹介していきたい。

人に喜ばれる人生でありたい

記述はまず彼が、二十歳（彼の息子の年代）に戻れたらどうするかというところから始まっていく。

ニューヨークにて家族が集う（1985 年）

1　「愛される努力」を怠っていないか

「私が二十歳から人生をやり直せといわれたら、人生の大部分を、できる限り多くの人々に愛される努力をしたいと思う。かつて自分に顔を向けてほしい男性や女性の心をつかむことのみ専心してほかの人はどうでもよいという態度をとってきたが、それを是非やめにしたい。私がこれまでに会った人々のなかには見かけは美しいが少しも私の心をとらえない女性、どうしても好きになれない人物がたくさんいた。どうしてか君にわかるかい。そう、その人たちは自分の美しさや能力に自信があったために人の心をつかむ術を身につけることを怠ってしまったのだ。私はあまり美しいとは言えぬ女性と恋をしたことがある。しかし、その女性は気品にあふれ、人を喜ばせ、謙虚で人の心をつかむ術をよく心得ていた。

私は自分の生涯でこの女性と恋をしたことを誇りに思っている」。

2　人づき合いの原点――気配りの大切さ

「友人ができても相手を喜ばそうという気持ちがなければ長続きしない。人づき合いの原点はいつも感謝し、気遣い、思いやる気持をもつこと。ちょっとした気配り、相手が褒めてもらいたいところを観察して褒める。一定範囲内でお世辞が言えるのも立派な能力。自分がしてもらって嬉しいことを人にしなさい」「礼状は必ず出すこと」「服装はいつも清潔に」「笑顔が大切」。

3　自慢話で評価される人間はいない

「会話を独占し、しゃべりつづける。まっさきに自分の話をすること。自慢話（自分の親戚に有名人がいるとか）。すべて愚かな行為で絶対してはいけない。会話は人間関係をスムーズにする一番大事な接点なので、特に気配りして会話すべきである」。

以上、チェスターフィールド氏の息子へ伝える言葉は一つ一つ胸に突き刺さる。二十歳でこの貴重な言葉を聞いて実行していたら、私の人生はもっともっと人に喜ばれる人生になっていただろうと思う。人間関係がうまくいっている人は、黙っていても人間の本性を見抜いて、人間関係でしてはならないこと、すべきことをしっかり守っていることに、この年齢（七十歳）で気づかされた。これは孫や息子だけでなく、大人にも聞かせたい言葉だと思うが、いかがであろうか。

26 人生を食い逃げしないで

今、若者のために

二〇〇七（平成十九）年二月、団塊世代をはじめとする高齢者を対象として世田谷区生涯現役フェア（いわゆる達人式）が開催された。その日は朝から冷たい雨が降っていたのと、三万人が参加する東京マラソンとぶつかってしまったということがあり、期待する参加者があるか心配されたが、蓋を開けてみると、世田谷区民会館が満員になるほどの人がつめかけ、驚かされた。

当日は、世田谷区在住で六十歳（当時）の藤岡弘氏（俳優）が講演した。彼は仮面ライダーで有名になった人だが、一方で武道家であり、ボランティア活動も国際的に長く続けている。彼のスピーチで印象に残ったのは、「今の日本人の高齢者は子供のとき戦争にあったものの、半世紀以上平和の中で経済成長とともに実に幸せな人生を送ってきた。だからこそそのお返しに、エゴ中心の生き方を捨て、若者のために何か言葉でもよいから残しておくべきだ。それができない人は、人生の食い逃げである」と語ったことであった。

こんな言葉を若者に伝えたい

読者の皆さまはどんな「伝える言葉」を持っておられるだろうか。他人の言葉でもよい、自分の可愛い子供、孫、そして広く世界の若者に、人生を楽しく生きる珠玉のような言葉を伝えていきたいものだ。そこでここでは、イギリス紳士のシンボルといわれ、ダンディズムの象徴とされているフィリップ・チェスターフィールド伯爵（一六九四〜一七七三）の名著、『わが息子よ、君はどう生きるか』（邦訳三笠書房刊）から、「最高の人生を送る日々の心掛けについて」のなかで私も共感したものをもう一度紹介しよう。

一、礼儀正しい人であると言われたい

「かねがね思っているのだが、世の若者にこれほど無作法で見苦しい人間が多いのは、その親たちが礼儀作法を軽く見ているか、そんなことにまるっきり関心がないか、そのどちらかだ。基礎教育、大学と一通りの教育の施しはする。ところが子供のことに無頓着で、『うちの子供は大丈夫だ。うまくやっている』と思っているが、実はまったく礼儀は身につけていない。学問ではできない教育は、親以外にできる人は誰もいない。」

この項を読むと、三百年前のイギリスと現在の日本が酷似しているのに驚かされる。だからこそ、日本人の親は今こそ勇気を出して子供と対峙し、礼儀の再チェックをしなければならない。さらに彼は次のようにも言っている。「礼儀は道徳や法律にも似ていて、文明社会に生きる人間にとって一種の暗黙の協定みたいなものだ」と。

礼儀とは、「お互いに自分を少し抑えて相手に合わせようとする分別と良識ある行為」であり、「自分の子供や妻に対しても厳然と存在する」とされている。より具体的には、話を一人占めしたり、自慢話を続けるのは不作法である。手紙の字、便箋の折り方、挨拶の仕方、感謝の表し方について、丁寧に配慮していくのも礼儀である、と言っている。彼は、「人に『あの人は礼儀正しい人だった』と評価されたい」とまで述べている。

二、人生最大の教訓——物腰は柔らかく、意志は強固に

チェスターフィールドは人生最大の教訓として、「『物腰は柔らかく、意志は強固に』という言葉は、人生のあらゆる場面で活用できる極めて重要な言葉である」と断言している。

物腰は柔らかいが意志が弱い人は、卑屈な弱い人間になり下がる。意志は強いが物腰の粗い人は、猛々しい猪突猛進の人間になる。両方を兼ね備える人が、人生の勝者になる。命令を下す場合でも、それを優しさでくるんで余計な劣等感を抱かせないよう配慮すべきだ。とくに身分や地位の低い人に対しては、その気遣いが大切だ。

正しいことを言うときには、できるだけ控え目にすること。確信のある事柄についても、あまり確信のないふうに装う。意見を言うときも、言い切ってしまわない。相手の意見にじっくり耳を傾ける。その謙虚さが人間関係をスムーズにしていく。学識豊かな人ほど他人の意見に耳を貸さないことが多い。知識は懐中時計のように、そっとポケットにしまい込んでおけばいい。「学識豊か」で「世間知らず」ほど、始末の悪いものはない。知識は実生活で生かして初めて知恵になる。

物腰を柔らかく、しかも自分の意見ははっきり言うべきだ。他人の意見で間違っていると思うときは、はっきり言うべきだ。問題は、その「言い方」なのだ。発言するときの態度。

言葉の選び方。声。すべて柔らかく優しくせよと言いたい。例えば「はっきりとはわかりませんが、たぶんこういうことではないでしょうか」という言い方である。軟弱なようだが、北風と太陽よろしく相手の心をつかむことができる。

たかが態度というかもしれないが、態度だって中身と同じくらい大切なのだ。表情、話し方、言葉の選び方、発声、が柔らかければ「物腰は柔らかく」なり、そこに「意志の強さ」が一本通れば、威厳も加わり、人々の心をひきつけることは間違いない。

世の中には、多少戦略的かもしれないが罪のない「生きる知恵」のようなものがあり、それを知って実践したものが、人生を一番エンジョイする。

――このように明言するチェスターフィールドの言葉を、そのままわが息子、のみならず、すべての若者に「本当にその通りだよ。私が二十歳のときこれを聞いて実行していたら、もっと素敵な人生を送っていたと思う。今からでも実行したい」と、心を込めて話していきたい。

27——アニキが団塊の世代に手ほどき

団塊世代の動向が鍵

二〇〇〇年問題も落ち着いてからしばらくして、「二〇〇七年問題」が騒がれたことがあった。二〇〇七（平成十九）年は、一九四七（昭和二十二）年からの三年間に戦後のベビーブーマーとして生まれた約七百五十万の人々が六十歳（還暦）に達しはじめる年であること、すなわちその人たちの定年退職が始まる年であることから、その一斉退職のもたらす影響の大きさに着目してそういわれたのである。この世代は他の世代に比べて特別に人口の多い塊であることから、評論家の堺屋太一氏が「団塊の世代」と名づけたとされている。

この世代の特徴は、その大量さゆえに常に大量消費社会の担い手であり、人生の各段階で戦後の復興、受験戦争、あさま山荘事件、オイルショック、バブル崩壊、不況、リストラ、IT革命などの嵐を乗り越えてきたことである。この世代の六十年を振り返ることは、いわば日本の戦後を語ることにほかならないし、さらにこれからの日本を考えるうえでも大きな意味を持つと思われる。

これからの日本がどうなるかについては、団塊の世代の動きに注目する必要がある。この世代は比較的均質な集団であるが故に、同じ頃に結婚し、同じ頃に子供をもうけ、同じような物を食べ、同じ頃家を建て、旅行もする。それが大量であるから、日本の社会に大きな流れをつくってきたのである。

ただ、この世代は定年になる前にリストラされた人、残った人に二極分化し、退職金も含め経済的格差が出てきているが、まだ若々しく働きつづけたいという意欲を持っている。しかし、彼らが期待している仕事はなかなか見つからず、定年直後は皆一様に虚無的な感覚におそわれる。

アニキの「地域デビュー入門講座」

三浦展氏（カルチャースタディズ研究所）の調査によれば、この世代の九％が「没頭できる趣味がない」、一一％が「自分の生き甲斐を見つけていない」、そしてなんと「自分が何をやりたいか、何が好きなのかわからない」という人が七％もいる。一方、正義感の強い傾向もあり、社会のために何か貢献したいというグループも二三％いる。

しかし地域で何か生き甲斐のあることをしたいと思っても、地域デビューする仕方が分からないという人も多い。そこで行政サイドも、この大きな力を地域で活用しない手はない、活用することにより町が住みやすいところになり、活動する本人も健康でいきいきと老後が迎えられると考えだした。

東京都世田谷区は区長の肝煎《きもい》りの下、介護予防担当部に生涯現役課を設け、二〇〇七年からの三年間に六十歳になる約三万七千人の人々を成人ならぬ達人（仮称）と名づけ、団塊世代が気軽にはつらつと地域で活動できるための仕組みづくりを始めた。まず、六十歳になる人への呼びかけである。そして「地域デビュー入門講座」と具体的な活動場所の紹介、および本人が気に入ったところでの実践。さらに、実践した場合のポイント制（ボランティア対価）も検討されている。

筆者がたまたま世田谷区生涯現役推進相談研究委員会の委員であり、かつて企業に四十年も勤め、東大附属病院にこにこボランティアを創設し、当時七十歳であったことから、団塊世代のアニキ分として「地域デビュー入門講座」をしてほしいとの依頼が、世田谷区からきた。私は企業人社会から卒業し、地域にボランティアとして参入したときのいろいろな喜びや失敗の経験をもとに、地域活動に参加するための心構えについて、シニアからのアドバイスとして話を組み立ててみた。

あとは実践あるのみ

タイトルは、「団塊世代――定年後地域デビュ－して老後を楽しく生きるための十の定石」。講演後、約二百人の団塊世代から思いの外の大きな反響があったので、要点のみここに記しておきたい。

①　自分探しをしておこう。

定年前に手応えのある生き方を探しておくこと。自分を振り返る内省が大切。

② 個人力をつけ、資格をとろう。
個人力とは企業時代の役職ではなく、経験・技能・趣味・資格・まちづくりから人の役に立つ能力を持つこと。とくに、何でも資格を持っていれば人に役立つ可能性が高い。
③ 新しいネットワークをつくろう。
同窓会、会社の友人以外の人々を開拓する。ボランティアセンター、町内会、市民大学、NPOなどへ気楽に入っていくこと。
④ 女性をたてる。
地域のグループには圧倒的に女性が多い。男性は特に意識して女性の話を聞き、身なりを清潔にし、何でも自分でやる姿勢が大切。
⑤ 肩書を捨て、自慢話を控える。
これは特に重要。地域社会に入る要諦。
⑥ 効率より納得（命令よりお願い）。
ゆっくりと人の話を聞く。会話の基本を学べ。スムーズな人間関係はことば遣いから。
⑦ 楽天的思考。
常に前向きの精神を持つ。

⑧　人間的魅力は「顔施」と「寛恕」。
顔施とは笑顔、プロの笑顔。ちょっとした間違いは心広く許すこと（寛恕）。違いを認めるバランス感覚が特に大切。会社時代、厳しかった人は地域に入っても人に厳しく嫌われる。

⑨　教えるより「導く」。
若者にしたわれるリード手法を考える。

⑩　為己為人（ワイケイワイヤン）。
人のためにすることとは、究極的には自分の人生を輝かせるものになるという確信を持つこと。

28　林住期をどう生きるか

人生のクライマックスに戸惑う

大抵の老人ホームでは、毎年敬老の日には長寿祝賀会を催し、最高齢の人（百歳超）を筆頭に、白寿（九十九歳）、卒寿（九十歳）、米寿（八十八歳）、傘寿（八十歳）の長寿者を表彰させていただく。

あるとき見た新聞には、ただ長生きしているだけでなくバリバリと活躍している有名人として、日野原重明、草笛光子、黒柳徹子、大橋巨泉、加山雄三などが挙げられていた（グリーンフォレスト調べ）。厚生労働省の統計によると、六十五歳以上の高齢者は二〇〇七（平成十九）年で二千七百四十万人（二一・五％）で、この中でも特に「林住期《りんじゅうき》」といわれる七十五歳までの日本人のこの世代は、元気一杯遊びまくっているといっても過言ではない。

「林住期」ということばは、古代インドの「四住期」という考え方に由来する。そこでは人生を四分割し、二十五歳までを学生期《がくしょう》（青春時代）、二十五歳から五十歳までを家住期《かじゅう》（働き貯える社会人時代）、そして人生の黄金期といわれる林住期（五十〜七十五歳）、遊行期《ゆうぎょうき》（七十五歳以上）に分類している。現代では老人ホームに入る頃からを遊行期といってもいいが、七十五歳以上でも元気な方は林住期にいるのである。

『林住期』という本を書いた五木寛之は、この林住期こそ人生のクライマックスであり、林住期をむなしく終えた人にはむなしい死が待っていて、この時期に心ゆくまで生き甲斐を究めた人は死を穏やかに受け入れられると述べている。

世の中では家住期までが人生の華で、五十歳以降は人生のオマケ、下り坂、悲しい人生の秋という見方がある。その原因として、高齢者には「四つの喪失」があるからだと学問的にもいわれている。すなわち、①心身の健康、②経済の基盤、③社会的つながり、④生きる目的といった四つの喪失がそれである。

確かに長いスパンで見ればその通りであるが、平均寿命が世界のトップクラスになった日本人には事情が少し違う気がする。①健康の喪失どころか林住期にいる日本人は、ゴルフ、ダンス、登山、水泳、ジョギング、介護予防の体操などに元気一杯挑戦している。②経済的基盤も、高齢者貯蓄率世界ナンバーワン、一千四百兆円も貯めている日本人は外国人から見れば、「何が経済的基盤の喪失か」といわれかねない。④生きる目的（生き甲斐）の喪失については、うつ病になる人も出てくるが、一般には趣味などに生き甲斐を見つけ喪失の苦しみを免れている。しかしこれは高齢者独特の問題で、ひとたび趣味や新しい仕事に生き甲斐を見つけても、それが病気や事故でできなくなるとまたこの生き甲斐の問題に戻ってくる。

林住期、生き方に四つのレベル

高齢者福祉センターに来る人々は大体林住期世代の人であるが、詳細に観察していると、生き方に四つのレベルがあることが分かってきた。

第一レベルは、林住期に入り定年になると今まで我慢してきた個人の道楽に突っ走ったり、好きでやってきた仕事をさらに続ける人もいて、心ゆくまで生きようとするレベル。先に「遊びまくっている」と書いたが批判ではなく、家住期までにはできなかった夢に対し自分のできる範囲で思いっきり活動する、生きていると感ずる人生のクライマックスのレベルである。

ところがいずれ、第一レベルの生き甲斐が喪失するときに遭遇する。あるとき、私の親しい友人から「渡邊、俺は突然膝の病気が出て歩けなくなった。唯一の趣味のゴルフができなくなった。もう死にたいよ」という電話がかかってきた。笑ってはいたが、深刻な雰囲気が伝わってきた。ハンディ5で事業も成功した彼にとって、今こそ真剣に人生の本来の生き方、あり方を考え、苦しむときがきたのだ。これが第二レベルである。

そして第三レベルになると、生かされている不思議さに気づき感謝の気持ちから祖先を崇拝し、支えてくれた友人たちに心から礼を言い、宗教に入っていく人も出てくる。個人の趣味や夫や妻、孫、スター、友人、動物などに生き甲斐を持つことは自由だが、趣味もできなくなったり妻や夫と別れるときがいずれくる。孫も成長して離れていく。有限なものへの生き甲斐はもろいものだと気がついてくる。

第四のレベルに入ると、「義理」や「あふれ返るモノ」を捨てはじめ、人間関係を簡素化し孤独に耐える努力をするようになる。新しい人間関係ができても淡々とつきあっていく。そしてすべての行動の基準は人に喜ばれるかどうかということになり、人が喜ぶことを自分のできる範囲でしつづける。人の喜んだ姿を見て自分の心が満たされるという「心の中の生き甲斐」を見つける。これは、「よき思い出」とともに人を裏切ることはない。有限ではないからだ。

“Stop and Smell the Roses（止まってバラの香りを嗅ぎましょう）”というアメリカ民謡があるが、読者の皆さんもこの辺で立ち止まって、「林住期のあり方と真の生き甲斐は何か」など、ゆっくりと自分に問う時間を持ってみませんか。

29――百二十五歳まで人は生きられる

六十歳から始めた長寿法

私の誇りにしている知人に渡辺弥栄司《やえじ》氏（元通産省局長。現ＴＯＥＩＣ会長、ビューティフルエイジング協会会長）がいる。現在九十歳でいまなおかくしゃくと活躍し、『１２５歳まで、私は生きる！』（ソニー・マガジンズ）という本を上梓した。その中で皆さまに参考になると思われる項目を選びご紹介してみたい。早稲田大学創設者の大隈重信総長も百二十五歳まで生きようと努力していたことが知られている。

二十年ほど前、故北岡靖男氏の主催するＴＯＥＩＣ（英語教育）と企業の社会貢献委員会に招かれたとき、初めて渡辺さんにお目にかかった。初対面のとき、突然私の目の前で前屈し手を床につけ、床にすわって足を百八十度に開き、足を肩まであげる姿を見せ、そして笑いながら握手を求められたのを昨日のことのように思い出す。風貌や背丈は歌手の藤山一郎に似ていて、とにかくお茶目な元気男という印象であった。

彼は通産省を退職してからも日中国交正常化と日中経済交流促進のために大活躍した人だが、いまはビューティフル・エイジング協会会長として、人生を美しく生きていくためにはどうしたらよいかと日々追求している。

彼が六十歳のとき、知人の中国人から「百二十五歳まで生きると自分で決めなさい」と何度も説得され、ついに根負けして「百二十五歳まで生きましょう」と宣言してしまったという。その後湯浅明博士（東大教授）の哺乳動物の寿命は成長期の五倍、人間は身体的成長期は二十五歳までだから百二十五歳は可能であるという説と、川島隆太博士（東北大教授）の脳に刺激を与えれば神経線維が増え太くなり若々しくしなやかな脳が保てるという説とを知って、百二十五歳という目標に真面目に取り組むことを決心したと記述している。

さらに、彼が日中国交正常化のために努力しているとき、当時の周恩来中国国務院総理に会う機会があった。そのとき周総理が、「人間のやることの中で一つのビジョンを持ち、それにまっしぐらに進んでいくことはまことに楽しい」といった言葉に身体中に電流が走ったように感動した。その言葉を胸に秘めて、一生社会に役立つことをしよう。その実現のために百二十五歳まで生きよう。そのためにこころとからだをしっかりと点検すると決心した。一番大切なことは、こころとからだがいつも柔軟であること、からだが柔らかくなれば心も柔軟になる。柔軟な人は実に魅力的な人間になると明言している。

九十歳にして道半ば…

彼のこころとからだの点検の中で、参考になると思われるものを箇条書きにしてみよう。

1　こころの点検

①生かされているという感謝の念を持つ、②愚痴を言わない、③なんとかなると前向きの姿勢、④優しく明るく親切に、⑤人の話を聞く謙虚さ（姿勢の低さ）、⑥ちょっとした冒険心、面白がる気持ち、⑦身の丈より少し上の目標を具体的に持つ、⑧威張らない、⑨魅力的人間になるには何か夢を持つこと、⑩自分が強く思えば人生は拓けていくという信念と努力。

周りを見渡すと、長寿で魅力的な人は共通して右のような信条を実行しているようだ。幸せになる基本条件と思って差し支えない。

2　からだの点検

①　まず歩く——朝の十分、健康の絶対条件

②　声を出す——声を出して歌う。新聞を朗読十分

③　正しい呼吸法——正心調息法の実行

塩谷信男医学博士（百歳）の勧める呼吸法である。まず思いきって息を吸い込む（吸息）、丹田に息をちょっと止める（充息）、そしてゆっくりと長く吐く（吐息）、その後浅い呼吸（小息）をして、このサイクルを二十五回繰り返す。脳へ充分な酸素を送ることが健康改善のポイントである。

④　ダイエットと食生活改善

腹八分は六十歳まで、七十代は七分目、八十代は六分目で十分。玄米、有色野菜中心で三食きちんととる。酒、たばこはやめる。

以上が渡辺弥栄司氏が実行しているこころとからだの点検の概要である。

彼は真向法を実行し、八十五歳で十段に昇段した。とにかく身体を柔らかくすれば、それだけで素晴らしい人生が送れると再三主張している。

私はたばこはやめたが酒はやめられない。ダイエットは、朝食は人参ジュース一杯を続けて六キログラム減量した。朝十分のウォーキングは実行してカラオケで蛮声を張り上げている。正心調息法もやり始めた。これで美しい老後の人生が出来上がるか楽しみである。皆さまも何か始めてみませんか。

金かけて太り　金かけてやせる　馬の秋　　よみ人しらず

病《びょう》の巻

30
――ダイエットを決意する

義務としての検食

老人ホームの施設長の仕事の一つに、検食というのがある。検食とは、表現は悪いが一種の毒味で、施設の利用者が食べる前に責任者が食してチェックすることである。これは病院、学校など大量調理施設に対して保健所から義務づけられたもので、夏場はサルモネラ菌や腸炎ビブリオ、O－157などが原因となって食中毒も発生しやすく、検食にはとくに慎重にならざるを得ない。

昼食は十一時十五分、夕食は十七時十五分に管理栄養士がチェック表と一緒にうやうやしく運んでくる。チェック表には、固いか柔らかいか、味が濃いか薄いか、量は多いか、見た目はきれいか、うまいかまずいか、など十数項目のリストがあるが、八十九歳の利用者とは感覚が違うのにもかかわらず、私の主観でまずいとか柔らかすぎるなどと評価していることについては忸怩たる思いがある。

人間の評価など最後はフィーリングだということを面接試験や人事評価や助成金の配分委員を担当したときに感じ、そしていつもこんな評価をして申し訳ないという気持ちになる。そんな評価だが、幸い優秀な栄養士のお陰で厳しい食費の範囲で味もよく、第三者評価委員会の査定も好評で一息ついている。

一日五食で太った!!

ただ、困ったことが一つある。検食がはんぱな時間であり千四百キロカロリーの老人食なので、私には量もはんぱなのである。そこで私は、検食のあとあんぱんを食べ、時にはラーメンを食べに出る。夜は検食のあと自宅で本食をするという具合で一日五食を続けていたら、一カ月であっという間に十キログラム以上太ってしまった。

超肥満になると今までの服は着られず、なんと足まで太って靴もはけなくなり、歩くのがつらく、わずかな距離もタクシー。そのうえ、目まいもするようになった。体形は施設の玄関に立つ布袋のようだと職員たちにからかわれた。めったに行かぬ病院で目つきの悪い太った医師に見てもらったら、「このままいくと必ず脳梗塞になる」とのたもうた。今では感謝しているこの言葉が、そのときはグサリと胸をつき、怠け者もダイエットを始めることにした。

リバウンドしないダイエット法

実を言うと、それまで二度ほど、人参ジュースダイエットに挑戦し失敗した経験がある。大学の先輩にあたる石原慎太郎都知事（当時）もこのダイエットに挑戦し成功したと週刊誌に書いておられたが、最近、同窓会でお目にかかったらまた少し太り気味であった。原因はリバウンド（反転）である。

人参ジュースダイエットは石原結実医師が開発したすばらしい減量方法で、誰でも苦しまずに一週間で六〜七キログラムやせるが、ちょっと油断すると反動で断食前以上に食べ出してしまう。そして、みにくく太るのだ。石原医師はイスラム教のラマダン（断食）の習慣を示し断食は健康に良いことを説いて、人参ジュースを飲むことによって空腹感は乗り越えられると主張する。事実その通りになるのであるが、「リバウンド対策」に言及していない。

そこで一大決心をして、簡単で食べながら苦しまずにやせて「リバウンド」しない私の独自の方式を案出してみた。そしてなんと三カ月後十キログラムの減量が実現し、その体重を維持している。読者のなかで肥満に悩む方にこっそりお教えしてみたい。対策は四カ条である。

一、一日千六百キロカロリーとし（標準は男性二千百キロカロリー、女性千八百キロカロリー）、そのために人参ジュースを飲むこと（私は朝人参ジュース一杯、みそ汁一杯、サラダ二百キロカロリー、昼検食四百キロカロリー、夜検食八百キロカロリープラスアルコール二百キロカロリー、合計千六百キロカロリー）。

二、とくに夜のカロリー計算をしっかりすること。例えばざるそば二百四十キロカロリー、あんぱん八十キロカロリー、ごはん茶わん一杯二百キロカロリー、ラーメン四百キロカロリー、カレーライス六百四十キロカロリー、うなぎ丼六百四十キロカロリー、ビール八十キロカロリーなど、普段外食する食物のカロリーを記憶し、メモなどして毎回チェックすること。食べすぎたら翌日減らす。

三、軽い運動を続けること。毎朝三十分、家の近くの隅田川のほとりを速歩した。この速歩はクセになるのが特徴。苦しくない運動でそのうえ朝の自然のすばらしさに感動する。気候のよい時季にはとび出してみていただければ、新しい自分を発見できるに違いない。

四、毎朝、体重計に乗ること。スケールを見るのがつらくても体重を見る。減量が始まったら自信がよみがえる。

この四カ条の実践の効果は抜群で、コレステロール値、血糖値、血圧などのバイタルサインがすべて合格点に入り、階段など駆け上るようになってきた。食事は感謝しておいしく味わえる。

私に「脳梗塞になるよ」と脅した医師が新しい検査値をじっと眺め「あれっ、どうなっちゃったの」と不思議なカオをしたのを見たときは、ヤッタと心の中で歓喜の声をあげた。

「六十歳過ぎたら体重さえ注意していればよき晩年が送れるよ」とささやいてくれた、米国デューク大学医学部長A教授の声が今も耳に残っている。

31 ―― 人参ジュースダイエットでメタボに克つ

初めてのダイエット挑戦

私が初めて石原式人参ジュースダイエットに挑戦したのは今から二十年前のことであった。一九九二年に処女出版した『体験的フィランスロピー』という本のあとがきにこんなことを書いた。

「一九九二年八月二日より十六日まで伊豆のヒポクラティックサナトリウムで石原式自然療法による断食を決行した。決行というのは大げさかもしれぬが五五才の多忙なサラリーマンが二週間も休みをとるというのが私にとってまさに決行であった。

『断食や冷やしうどんの旗まぶし』

など駄句がこぼれるほどつらい時期もあったが結果は上々、体重も十キログラム減り血圧も正常化した。そして『体験的フィランスロピー』の最終校正が出来た。

また定年後の人生をどう生きていくかについて自身の心の叫びを静かに聞く時間がもてたことは何より嬉しいことであった。」

あれから二十年、今日まで思いもかけぬ人生が待ちうけていた（会社員―大学の教員―東大附属病院にこにこボランティアの創設―老人ホームの施設長など）。その間、気力を持って働きつづけ何の病気もしていないことは人参ジュースダイエットの断食のお陰かなと思っている。この人参ジュースダイエット方式は他の水断食など苦しむ断食方法と違い、ちょっとした我慢で痩せられる。

とにかく身体を温める

この方式は一九八五（昭和六十）年に石原結實医師が伊豆高原に「ヒポクラティックサナトリウム」を開設しスタートしたもので、石原慎太郎都知事（当時）も十年間毎年通い、著者『老いてこそ人生』（幻冬舎）で「まったくへたることなしに体重を予定より減らしました。断食こそ世界の名医の一人と知らされました」と記している。石原医師は『石原式ショウガはちみつダイエット』（GEIBUN MOOKS）とか『家庭でできる断食養生術』（PHPエル新書）等、たくさん本を出版している。

彼の主張するダイエットのポイントは、身体を温めれば痩せられる、断食は身体を温めかつ殺菌する、身体を温めて水を出せと強調し、そのために朝食はしょうが紅茶と人参ジュースだけにすることを強く勧めている。この原則をもとに、ヒポクラティックサナトリウムの一日のスケジュールが用意されている。

「八時　人参ジュース三杯
　十時　具なしみそ汁
十二時　人参ジュース三杯
十五時　しょうが湯
十八時　人参ジュース三杯」

これだけで、あとは自由行動である。石原医師は一日九杯の人参ジュースに断食成功の鍵があると断言している。にんじん二本とリンゴ一個を皮も種も一緒にジューサーにかけただけのものだが、レモンを足すと飲みやすくなる。

綿密なダイエットのスケジュール

私は二十年前に友人の紹介で石原医師と知り合い、その後全部で三回このダイエットを経験してきた。大体夏休みを利用して伊豆へいく。

向こうでの行動は、まず朝五時に起きる。前日寝るのが夜十時だから自然に目が覚める。一時間はウォーキング。温泉に入り人参ジュースを飲む。体操、十時に具なしみそ汁。十二時昼の人参ジュース。午後は診察、十五時しょうが湯、夕方ウォーキング、十八時人参ジュース。

ときどきちょっと空腹を感じたら黒糖を一個食べる。これで空腹が止まる。空腹とは胃袋が空っぽになるということではなく、血糖値が下がると空腹感が出る。糖分それも黒糖を入れることで空腹感が止まると先生は言う。

三日目くらいから宿便が出、異臭がたちこめる。すべての老廃物が出てくる。その頃から減量が始まる。七日目の断食終了の日には、おもゆ、お粥などが出て胃をならしつつ普通のごはんに戻っていく。

約一～二週間で五キログラムは減量できる。ただし一日一万四千九百円。もったいないからと自宅でやってみたが、自制力のない私は失敗だった。リバウンドするのである。伊豆の施設ではみんなでダイエットするから続くのだ。

日常生活でも継続

しゃばに戻った現在の私の食生活は、朝人参ジュース一杯（市販）しょうが紅茶一杯野菜スープ一杯、昼老人ホームの給食もしくはそばかうどんに七味唐辛子をいっぱい、夜は何を食べてもよい。酒は温かいものなら何でもよいと石原氏は言う。

この方式を三カ月続けた現在はピーク時から八キログラム減量し、身体が軽く生まれ変わったような気がして気力が充実し、毎日が楽しい。ふと振り返ってみると、わが老人ホームの高齢者には一人も太った人がいないことに初めて気がついた。本書の読者でメタボにお困りの方は無料でご相談にのりますよ。

32——瘦せることでついた自信

リバウンドによる悪循環

二〇一〇（平成二十二）年の夏は本当に暑かった。「心頭を滅却できず喘《あえ》ぐ夏」——こんな句が実弟の暑中見舞に書いてあったが、日本中、フライパンで炒られているような厳しい夏であった。

ただ、私自身にとっては、暑さに喘ぎながらも、老後の人生に自信を持たせてくれた意義ある夏を過ごすことができたと自負している。そのわけは、単純なことながら八月一日から三十一日までの一カ月間でちょうど十キログラム減量でき、心身ともに生まれ変ったという満足感である。

ここでは、減量して、それまで諦めていた能力が復活し老後の人生を気分よく生きる自信が湧いてきた私の実体験を、高齢者の方々に報告したい。

実をいうと、私は過去三度断食（人参ジュースダイエット）に挑戦し、三度とも失敗している。断食して一時は減量するが、すぐリバウンド（反転）して断食する以前より太り、とくに二〇一〇年は八月一日で九十キログラム近くになった。身長百六十五センチメートルの小男であるからその醜い太り方は異常で、おなかも布袋のように飛び出て会う人ごとに「どうなっちゃったの」とからかわれる仕末。衣服のみならず靴までも履きにくくなってきた。血圧は急激に上昇（百七十～九十）。さらに悲しいことに、左膝が痛みだし階段の上り下りが苦しくなってきた。

整形外科医はレントゲンを撮り、「ああこれは健全な老化現象です」と言って注射をし薬をくれたが、一向に治る気配がなかった。「老化はまず足から来る」といわれるが、私も年々老化したと悟らされなんとなく淋しい気がした。

追いうちをかけるように右膝も左肩も不愉快な痛みが出てきた。そのようになると、朝の散歩は中止。大好きなゴルフもできなくなり、その不愉快さを晴らすために、酒を飲み、大食をする。動かない↓食べる↓太る↓痛む↓だから動かない、そしてさらに太るという、太る悪循環の回路に突入していった。

さらに悪いことに、これまでダイエットに挑戦し失敗しているから、もうダイエットしても駄目だ、年をとれば自然に痩せる、今のうちに食べられる幸せを満喫しようと開きなおってしまった。

私にもできた、一カ月で十キロの減量

ところが人に何の迷惑もかけていないのに、私の周囲の人々に「みっともない」「恥ずかしい」「おなかに地球儀を入れているのか」と酷評され、身体のあちこちの痛みが激しく我慢の限界になり、人参ジュース断食の開発者の石原結実先生に恥を忍んで「助けて」という心境になった。悩んだあげくもう一度真面目にダイエットに挑戦しようと決心し、八月上旬、伊東にある石原ヒポクラティックサナトリウムに四日間入所した。

この四日間が意義ある期間なのである。一週間・二週間のコースもあるが私にとっては四日間でよく、入所して一緒にダイエットしている人々を見るにつけ自分も頑張ろうという気になってくる。自分自身がその気になるということが一番重要なのである。

今回は退所後のリバウンドに特に注意し、一カ月後の三十一日、十キログラム減が実現した。石原医師の夫人石原エレナ氏（ロシヤ人心理学者）の講義があり、「とにかく良き習慣を身につけるには同じ行為を忍耐して四十日間続けなさい。必ず成功する」と言われた言葉は実に効果的であった。

再びゴルフができるまでに

さて、十キログラム痩せて心身にどんな変化が出てきたか。まず身体の変化である。驚くなかれ、両足の膝の痛み、左肩の痛みが霧が晴れたようになくなった。血圧も正常（百四十～七十）になった。おなかの周りも百センチから九十センチに減ってきた。

さらに嬉しいことに、もうやめてしまおうかと思ったゴルフができるようになった。私の好きなメンバーコースでもある熱海ゴルフ倶楽部にはせ参じ、一人でカートを運転して三十五度の真夏のゴルフ場を大汗をかきかきワンランドできたよろこびは言葉では言い表せない。大袈裟にいえば十歳若返って、また新しい人生を取り戻した気がして心から神に感謝した。

一日六千歩歩けばリバウンドせずダイエットの効果が上がるという目標が与えられ、携帯電話についている万歩計を見ながら毎日楽しみながら歩きはじめた。胃が小さくなったのか、これまでの量の半分で満腹感が出てきた。

このようにして、太る悪循環から痩せて気分が良くなる好循環の回路が出来上がった。今は朝五時に起床し、近くの隅田川河畔に飛び出し六千歩歩く。汗だくで戻って風呂に入る。

朝食は人参ジュース一杯とみそ汁とサラダ（百五十キロカロリー）、昼はとろろそば（三百五十キロカロリー）、夜は何を食べても何を飲んでもよいという石原先生の言葉があるがそれにも限度があり、油断せず酒も含めて一千キロカロリーにとどめている。夕食に九百キロカロリーあればかなり何でも食べられる。

合計一日一千五百キロカロリー。七十歳男性は一千八百五十キロカロリー必要だが、一千五百キロカロリーにとどめておくと一日三百五十キロカロリーの減量となり、一カ月に二キログラム痩せる計算になる。

こんなことを大ざっぱに頭に入れて第二次ダイエットとして、あと四十日間実践しようと思っている。一カ月ぶりに友人に会うと「おっスマートになったな」という言葉が返って来て嬉しく、駅の階段も駆け上がるようになった。

何歳でも生活習慣は変えられる

人間の能力とはまことに不思議なものである。使わなければたちまち衰えるが、積極的に使いだせば衰えていた能力でも着実に戻ることが分かった。

作家の中野孝次は「たしかに齢をとれば緒事若い時のように出来なくなっていくのは当然だがこちらが気分を積極的に保って諦めずに頑張っていれば人間の能力というものは案外衰えないんじゃないか、少くともある程度衰えに抵抗出来る。自棄、つまり自分から自分はもうダメだと思いこむのがたぶん何にもまして衰えを加速させてしまうのだ」と記しているが、まったく同感である。

七十四歳でも決心すればその生活習慣が変えられるという私の体験が読者のお役に立てば幸いである。ポイントは次の七カ条である。

①まず強く決心すること。②朝人参ジュースを飲むこと。③毎日六千歩歩くこと。④四十日間続けること。⑤一千五百キロカロリーを守ること。⑥毎日体重計にのること。⑦感謝すること。

それでもリバウンドが心配なら…

最近（二〇一三〈平成二五〉年二月）、石原医師にお目にかかった時にいわれたことは、七十五歳を過ぎたら一日一食でもよい。そして、少し大食したと思ったら日曜だけ断食するといい、リバウンドを防げるとの話だった。

夫人のエレナ氏にやはりリバウンドの防止策を尋ねると、「ひとつあります、食べないことです」といわれた。

二〇一三年二月、四日間の断食で五キログラム減量できた。

33——平成「病牀六尺」(1) 骨の病気との闘い始まる

初めての激痛で動けず

七十五歳になるまで、ほとんど病気らしい病気をしたことのない私が、突然、両肩、両膝、腰に激痛が走り、それから約三カ月、地獄にいるような苦しみを味わった。この歳になるまでギックリ腰や五十肩、膝の痛みの経験もあり、大抵は少し我慢していれば治っていた。

今回ケタ違いの、この骨の痛みの原因は一般的には加齢と肥満で、女性は男性より多いと医師は言っている。現在、この痛みで悩んでいる人、また高齢で肥満でも痛んでいない方もいずれ経験することもあるので、他山の石として私の闘病記を参考にしていただきたい。

とにかくこの病気が発生する直前まで、講演で全国を飛び回り、ゴルフもし、酒を毎晩飲み、おいしいものを食べあさる。碁をやり落語家にも入門し、時間があれば夜遅くても知らないスナックでも入ってカラオケにうつつをぬかす不良オヤジであった。

太り過ぎだと医者に言われても、「肥満で人に迷惑はかけていない。ミシュランも認める世界一の美食都市東京に住んで自腹でおいしいものを食べて何が悪い」と唯我独尊の態度をとっていた。そんな日常で一分一秒もじっとしていることが嫌いな人間が、突然、寝床から動けなくなった姿を想像していただきたい。

「動けない」というのはまず寝床から起き上がれないのである。亀が仰向けになった状態である。両肩に針を刺したような痛みであるので、歯をくいしばって身体を起こす。一息ついてまた激痛に絶叫しながら立ち上がるまで最低三十分はかかった。このときほど自分の肥満を呪ったことはない。老人ホームの介護職員が、太った人を嫌う気持ちがよく分かった。

真夜中、隣室で寝ている家人を携帯でナースコールし排泄にいく。それが一晩平均八回。そのために寝る暇もなく、家人も私もフラフラになった。ついに情けないがオムツを使用しだした。朝になって汚れた身体をシャワーで丁寧に洗い着替えをして、やっと人間に返ったと思う日が二カ月も続いた。

四月に入り、キリスト教のイースター（復活祭）がやって来た。「復活」はユダヤ語で「アナスタス（立ち上がる）」ということを知った。今の私にとって、立ち上がることが一大事業なのである。私の行動範囲は寝床とトイレの約三メートルで、地獄の座敷牢に放りこまれたと思わされた。どうしてこんな目に遭うのだろう。

さて、一旦立ち上がることができたら今度はふとんに寝るのが恐くなり、一日中リクライニングチェアに座りつづけた。そのためかエコノミー症候群のようなものを引き起こし、両足は大根のようになり、両手両腕も丸太棒のようにむくんできた。三月以後の約束や講演はすべてキャンセルせざるを得なくなった。四月から始まるＮＨＫカルチャーセンターの講座も、申し込みを受けつけていながらキャンセルするのは本当に心苦しかった。

自分に「老い」がやってきたと痛感した。ちょうど、秋、突然風が吹いて、一夜にして枯木になった姿を思い浮かべた。これからどうやって生きていったらいいのか。

『病牀六尺』を慰めに

こんなとき、俳人正岡子規の『病牀六尺』という随筆集に出会った。子規が結核にかかり、一歩半歩はもちろん、病牀六尺の空間さえも広しとして身動きできぬ状況にありながら、一九〇二（明治三十五）年五月五日から死ぬ二日前の九月十七日まで新聞（「日本」）に連載されたものである。三十五歳で昇天した天才子規の名作である。
この本を読んで、私は苦界の中に一縷《いちる》の光明を見出すことができた。

第三十八回（六月十九日）
「ここに病人あり、体痛みかつ弱りて身動き殆んど出来ず、頭脳乱れやすく目くるめきて書籍・新聞など読むに由なし。まして筆を執ってものを書くことは到底出来得べくもあらず。
傍に看護の人なく談話の客なからんか
如何にして日を暮らすべきか
如何にして日を暮らすべきか」
子規はどのようにして一日を過ごしたらよいか悩んでいる。病人の一日はまことに長い。
そして、第三十九回の文は誠に悲惨である。

第三十九回（六月二十日）

「病床に寝て身動きの出来る間は敢て病気を辛しとも思はず、平気で寝転んで居たが、この頃のように身動きが出来なくなっては精神の煩悶を起して殆んど毎日、気違いのやうな苦しみをする。色々工夫して動かぬ身体を無理に動かしてみる。――中略――もうたまらん、こらえ袋の緒は切れて遂に破裂、絶叫、号泣。

この苦しみとこの痛みは何とも形容できない。むしろ真の狂人になってしまえば楽であろうと思うけれどもそれも出来ぬ。もし死ぬることが出来ればそれは何よりも望むところである。しかし死ぬることも出来ねば殺してくれるものもない。――中略――

誰かこの苦を助けてくれるものはあるまいか

誰かこの苦を助けてくれるものはあるまいか」

このように子規は、病苦のありさまを率直に表白している。私もこれに近い苦界を味わった。人間は簡単にピンピンコロリなどいかぬものだと悟り、人生最後にすべきことなどを考えた。それらをおこがましくも平成「病牀六尺」として、何回か書きつづけてみよう。

34 ――平成「病牀六尺」(2) 治療機関を選ぶ

長期戦の覚悟

二月末に発症した肩、腰、膝の骨の激痛は大幅に減少したものの、七月中旬現在、まだ完治していない。両手のしびれもあり両肩も手を伸ばすと痛い。腰もだるいし鈍痛が続き、膝も階段の昇り降りに際しキクッとした痛みが走る。医師は一年半~二年はかかると言っている。長期戦である。

「おい癌め　酌みかはさうぜ　秋の酒」(江國滋)の名句をまねて、

「骨たちよ　酌みかはさうぜ　冷し酒」(一雄)。

今だから「酌みかはさうぜ」などと呑気なことをいっていられるが、当時の日記を見ると相当あわてふためき、その結果大きな間違いを起こしている（これはぜひ参考にされたい）。

正確な診断をつけることが大事

二月二十一日（月）　晴

早朝、肩、腰、膝が痛みだし、ちょっと今までの痛みとは違う。どこかで診てもらいたいが、さてどこへ行くべきか。

まず、今までときどき診てもらっていた近所の整骨院に行き、院長の判断で一時間ほど赤外線照射をしてもらう。三回通ったが効果なく、また、痛みの原因を聞いても説明に納得がいかないので止めることにした。

次に近くで開業している友人の指圧師に相談する。彼はこれは絶対に指圧と鍼灸《しんきゅう》で治るといい、徹底した強いマッサージと肩、腰、手の甲に鍼灸もしたが、まったく効かずむしろ悪化していった。五回で中止。

……反省。

今から考えると私は治療機関の選択ミスをしていたのである。聖路加国際病院の井上肇名誉医長は、次のように警告をしている。

「骨の痛みが起きたときは、まず四〜五日安静にすることが大切。いちばん危険なのは近所の人や友人のアドバイスである。素人判断は注意すべきである。あわててマッサージやハリ、カイロプラクティック、気功にとんでいくのが一番よくない。」

「必ず整形外科医の診断をつけてから治療法を決定すべきである。特にマッサージやカイロプラクティックは、骨がもろくなっているときに無理な力を加えると骨が折れるなど危険なケースもあり、これらの施術を受けたいときは、まず医師の診察を受けた上で試すべきである。」

「整形外科とこれら民間療法の違いは、民間療法はレントゲンがないという事と骨そのものの病気に正確な診断が出来ないという事である。」

事前にこういうことを知っておけばよかった。

二月二十八日（月）　曇りのち雨

整骨院もマッサージも諦めて、近所の人がすすめるA整形外科に行く。看板には「内科整形外科」と記してある。評判が良いだけあって満員。

二時間待たされてやっと診察。早速、血液検査、レントゲンを撮る。近くの東京慈恵会医科大学病院でMRIも撮るようにと指示される。MRIは、レントゲンでは写せない椎間板や神経まで画像にできるコンピュータ画像法である。両肩の局部にブロック注射（ヒエルロン酸）を打つ。

施薬として「ロキソニン」「ミオナール」「ボルタレンサポ」を一日三回食事後、飲むことを義務づけられる。良き医師かどうか分からないが評判がよいようだから、当分この医師にまかせようと思った。

帰り際に「三カ月後にはもっと悪化し痛くなりますよ」と言われた言葉が気になった。「どうして薬を飲んで悪くなるのか」と反論したかったが、初日なのでその質問を飲み込んで言わずに帰宅した。

寒く長い一日であった。この日二十八日（本当は二十九日）が七十五歳の私の誕生日で、今日から後期高齢者になった。曽野綾子が七十五歳からを後期高齢者と設定した当時の厚労省の役人の慧眼をほめていたが、七十五歳から病人が急増するというデータがあるようだ。

「誕生日　整形外科に　梅一輪　一雄」

……反省。

結論から言えば、評判が良いと近所が噂しているのを信じてA整形外科に依存したのが間違っていた。私は中央区勝鬨に住んでいるので、タクシーで十分ほどの聖路加国際病院に行けばよかったのだが、なんとなく高級で近寄りがたい雰囲気があったので、それまで一度もかかったことがなかった。

そこで読者に質問してみたい。あなたなら、大病院と開業医（整形外科）のどちらを選ぶであろうか。前述した井上医師は、次のように述べている。

「大病院は、検査装置が完備しているし治療技術が安定しているという利点がある。治療技術も一定水準を保っている。開業医は、親しみやすいが技術にばらつきがある。一方、秀れた開業医も存在する。診療にあたるのはあくまで人であることを忘れないでほしい。開業医を選ぶときは、少なくとも専門家であることが最低条件。整形外科の科目だけを掲げて専門に診療している医師が望ましい」と。

私の選んだA整形外科は人の噂をたよりに訪問し、看板に「内科整形外科」と記してあったことを思い出した。

三月十一日（金）　晴

東日本大震災発生。動けぬ身体を無理に起こし机の下にもぐり込む。高層ビルの一室、本棚の本がくずれ落ち余震も長く続いて、一瞬これで私の一生も終わりかなと思った。巨大津波の映像がテレビで何度も繰り返され、誰しも「心の臨死体験」を否応なく味わったと思う。被災者の苦しみを思い、夜一睡も出来ず。

A整形外科医の施療は全然効果なく、痛みは減らず両腕・両手・両足が大根のようにむくんできた。はっきりした原因が医師も分からないと言う。次第に不安が高まってくる。一応信頼して二カ月間通った医師を替えたいが、勇気がいる。

替えたいが、どうやって言い出したらよいか。次はどこの病院に行ったらいいのか、悩みに悩んだ。

35

平成「病牀六尺」(3) 良き医師に当たるも運のうち

病院を替える決心をする

四月十日(日) 晴

四月に入ると勝鬨橋近辺の桜も一斉に咲きはじめ、早朝杖をついて運動がてら近くの公園に行く。隅田川を一望できるこの小さな公園の丘の上に立つと、有名な『方丈記』(鴨長明)の一節が口をついて出てくる。

「ゆく河の流れは絶えずして、しかももとの水にあらず、よどみに浮かぶうたかたは、かつ消えかつ結びて、久しくとどまりたるためしなし、世中《よのなか》にある人と栖《すみか》と、又かくのごとし」

『方丈記』の中には当時の天災が詳しく書かれている。元暦（一一八五年）の大地震、安元（一一七七年）の大火災、治承（一一八〇年）の竜巻、飢饉など。それに苦しむ人々は天罰と思い、各地で祈禱をかけたと記されている。一千年後の日本も同じような状況下にあり、人は人間のたちうちできぬものに恐れおののいているように見える。

「人間は宇宙に対しもっと畏怖しもっと謙虚になれ」と辺見庸（芥川賞作家）はテレビで語っていた。津波の被害から生き残った人が「私たちはたまたま生き残ったのだ。生きていることが偶然で死ぬことは不変と悟った」と言った言葉が印象的であった。

子規も、「悟るとは如何なる場合にも平気で死ぬる事かと思って居たのは間違いで悟るという事は如何なる場合も平気で居ることであった」と「病牀六尺」に書いている。杖を突いてぽつんと立っている私に春風が吹きつけて、桜の花びらが舞ってくる。

杖をつく孤影にまつわる花吹雪　一雄

四月二十日（水）晴

いろいろな病気を抱えている囲碁の友人に、医師を替えて新しい病院に行きたいがどうしたらよいかと相談したら即座に「そんな医師はすぐ替えたほうがいい。そしてP大病院をすすめる。あそこは有名人の手術の成功で有名になり満員だ。行くなら朝早く行け」と忠告してくれた。わらをもつかむ気持ちであった。

四月二十九日（金）　晴

朝五時起床、七時にタクシーを呼びP病院に向かった。途上、家内が「今日は祭日（昭和の日）ではないかしら」と言い、電話をしてみると案の定休みである（がっかりしたが、実はこのことが好運を招いたとあとで分かった）。早朝なので日比谷公園に行き、万緑したたるベンチに二時間ほど座って帰宅した。自然の美しさがまぶしかった。

万緑の　中や吾子の歯　生い初むる　　中村草田男

万緑の　力をたよりに　一歩づつ　　一雄

四月三十日（土）　晴

ついに決心してA整形外科院長に「病院を替えてみたいが」とおそるおそる切り出した。一瞬、院長の顔色が変わったが、「大病院で再チェックしてもらうのも一つの方法だ。いずれまたこの病院に戻ってくるようになるだろうがね。どこの病院へ行くつもりか」。「聖路加国際病院かP大病院と考えている」と言うと即座に、「Pは止めなさい。あそこはすぐ手術をすることで有名だが必ずしも良くない。聖路加に紹介状を書こう」と言い切った。

後のこととしてこの判断は正しかった。というのはこの話を杉並区高円寺の高齢者センターで講演したとき、参加者の一人の女性が「あっ」と声をあげて机にうつぶした。その理由を聞くと、「実は私が五十七歳のとき、突然あなたとまったく同じ症状が出た。主人に連れられてP大病院へ行くとすぐ手術された。一旦痛みは止まったが、十日後、また激痛が起こったのでPへ行ったところ、なんと手術した医師は、再発した患者は診ない方針だと玄関払いされ、紹介状も書いてくれない。それから四年間、寝たきり状態になった。やっと近頃車椅子で外に出られるようになったが、今でもあの病院のあの医師を恨んでいる。どこかへ訴えたいと思っている」と涙ながらに話してくれた。背すじに冷たいものが走った。

五月九日（月）晴

紹介状を持って聖路加国際病院へ行く。激痛は相変わらず続く。整形外科に行くとその医師は問診のあと、あなたは内科で診てもらいなさいと言って若い内科医を紹介してくれた。

一瞬、大病院ではこうやってぐるぐるあちこちに回されるのかと嫌な予感がした。内科のN医師は、レントゲン、CT、MRIの検査を徹底的にして、「その結果を見て判断する、特にこの痛みは癌からくることも多いので、胃と大腸と膵臓を調査する」と言った。

五月十三日（金）　曇り
朝三時頃、奇妙な夢を見る。

突然、悪魔が襲って来て私は足腰の痛みをこらえて必死に逃げる。ついに追いつかれて悪魔が私の首根っこをつかまえて引きずりこもうとする瞬間、首から手が離れて私はごろごろと坂の下に転がり、ふと後ろを向くと悪魔は悲鳴をあげて崖の下に転落していくという変な夢だ。

あまりにもその光景がはっきりしているので、家人を起こしてその話をしたら笑ってとりあってくれなかったが、私は、これは好運が近づいている予兆だと思った。

この日、検査の結果がどんなものかと少しおそれつつ病院に行くと、若いN医師は優しくも威厳を持って次のように宣告した。

「脊中管狭窄症《せきちゅうかんきょうさくしょう》、骨粗鬆症《こつそしょうしょう》、腱板断裂《けんばんだんれつ》の可能性はあるが、むしろ内科的病気が原因であると思う。癌については胃癌はなし、大腸はポリープが三カ所あってすぐ切ること、膵臓は再検査をする。一応一万人に一人といわれる膠原病《こうげんびょう》の一種であるリウマチ性多発筋痛症《せいたはっきんつうしょう》と判断する。今までの薬（ボルタレン）は破棄し、ステロイド（プレドニン）を投薬する。これは劇薬なので、副作用として骨粗鬆症や白内障、高血圧、肥満を促進するが、それを防止する薬も併用してもらう。完治には一年半はかかるが、本人の努力も必要なのでがんばってもらいたい」と。

私も納得がいく実に見事な診断であった。振り返れば結局、良き医師に当たるのも運であると思った。この薬を飲んだら驚いたことに、ぴたりと激痛が消えていった。

36

──平成「病牀六尺」(4)　現代医学でもわからない骨の病気

なでしこジャパンを心の灯に

六月二十三日（木）　快晴

Ｎ医師から与えられたステロイド（プレドニン）で激痛が消え、トイレも風呂も散歩も一人で自由に行動できるようになった。痛みが完全になくなったわけではないが、これくらいは我慢しなければならない。プレドニンが劇薬といわれるように、両手両足に軽いしびれが残っている。

Ｎ医師は、「今後、注意すべきこととして、①薬は正しく飲む、②散歩など歩くことが大切、③太らないこと、④骨粗鬆症が進むので転ばぬように。『ＣＲＰ』（炎症度）は大幅に減少し、大腸ガン・胃ガンはない。膵臓ガンは再検査する」と述べた。今まで原因不明で不愉快な毎日が続いていたが、この診断と結果で霧が一気に晴れ、久しぶりに昼食時に大ジョッキビールで乾杯した。

それにしても、二月から今日まで四カ月間、三人の医師や施療師に関わってきたが、どうしてこの病気を見つけることができなかったのだろうか。整形外科医の義弟（四十年も整形外科として開業している）が言うには、「実を言うと骨や筋肉の病気は現代医学ではよくわかっていない。骨の病気の原因はどの本を見ても、単純な骨折以外は①老化、②肥満、③いわゆる痛み、と分類している。このいわゆる痛み（腰痛等）として痛みを一把ひとからげにしているところに医学の未発達を推察してほしい。筋肉痛についても日本のどの病院にも筋肉科はない」。義弟だからここまで説明するが、一般の医師は口が裂けても分からないとは言わない。

もう一つの疑問として、聖路加国際病院の医師が書いた本を読んでいたら、「ステロイドは十年前は魔法の薬として日本中のどの医師も使っていたが、副作用が強いので今はあまり使わず、ヒエルロン酸が中心になっている」と記されていた。ステロイドで喜んでいたが、大丈夫だろうか、不安になってきた。

六月三十日(木) 猛暑 三十四度

テレビでは相変わらず菅首相の批判が続いている。東日本大震災のニュースは暗いが、なでしこジャパンの活躍はいつも心に灯をともしてくれる。

病院に行くと「膵臓ガン無し」と告げられ、飛び上がるほど嬉しかった。再三検査するのである程度覚悟はしていたが、膵臓ガンは発見しにくく転移もしやすいガンと聞いていたので、「なし」と知ってほっとした。

医師にステロイド(プレドニン)についての疑問をぶつけてみた。

「確かにステロイドは副作用が強いことは事実である。しかし、膠原病の一種であるリウマチ性多発筋痛症を治すにはステロイドしかない。これを寛解《かんかい》といって、限定された薬で病気を抑えこむものである。まず、この薬を使って痛みを止め、痛みが減ったら徐々に薬の量を減らしていく。はじめは15㎎だが5㎎まで減らすことができたら成功である。ただし、減らすにしても必ず医師の指示に従ってもらいたい」とのことであった。

膠原病とは何かと聞くと、「膠原という内臓はない。『膠』というのは『にかわ』であり、細胞と細胞を結びつけるゼラチン質の接着剤で、膠原病は運動器の障害、全身性の疾患である」、「リウマチ性多発筋痛症は、高齢者の女性が男性の三倍発症する」。

私の担当医の説明は、いつも丁寧で分かりやすく謙虚である。日野原イズムが徹底しているのだろうか。

日野原先生の著書を読むと、「医師としての姿勢は医師と患者、上から下という関係ではなく、人間対人間という対応をすべきである」と記している。先生自身が京都大学の学生の頃、十カ月ほど結核で入院したときに得た教訓と、四十歳の一九五一年に米国へ留学したときの経験から、患者の立場に立った医師のあり方を学んだようだ。

特にアメリカでは、医師の椅子と患者の椅子が同じであること。患者を診察する際には、まず医師のほうから自己紹介をすること。また、先生の師匠であるオスカー博士は患者と話すとき、いつもベッドの傍の椅子に腰をかけて患者と目線を同じにしていることを見て、日本の医師のあり方を変えなければならない、医師だけでなく日本の医学の倫理を変えなければならないと思ったと、常に主張しておられる。

患者の視点に立つという考え方から、一九七〇（昭和四十五）年にボランティアの導入を果たした。当時は院内の反対者も多かったという。また、一九九二（平成四）年の院長時代に聖路加国際病院の建て替えをすることになり、その際反対の多かった玄関の待合室を特別広くとって美しい絵を飾り、音声は出ないが文字が出る大型テレビを取り付けた。

さらに、スターバックスを招いてオープン式のコーヒーショップを開き、患者やつきそいのオアシスにすることができたと、普段あまり自慢しない先生が嬉しそうに書いている。ちょっと遠回りしたが、聖路加国際病院を選んで本当にラッキーであった。

たまたま九月八日の朝、聖路加の玄関で日野原先生に出会った。背中は少し丸くなっていたが、白いブレザーを着て早足で歩く姿は、一カ月後(十月四日)に百歳になる人とは思えなかった。まさに、長寿国日本の誇るシニアモデルである。目礼して先生のさらなるご長命を祈った。

37 ——平成「病牀六尺」(5) 今は我慢でいつかは笑う

闘病経験から得られたこと

「平成『病牀六尺』」と題して、前回まで四回にわたって突然私を襲った病気と闘病について記してきた。連載当時、意外にも反響が大きく読者からも質問やら感謝の手紙をいただき恐縮したが、いかにたくさんの人が骨の病気で悩んでいるかがよく分かった。「同病相憐れむ」の言葉があるように、「あなたも私たちの仲間に入れてあげるよ」というようなニュアンスの手紙が多く、本当に嬉しかった。

さて、今回は「平成『病牀六尺』」の最終回として、今までの文章から「骨の病気になったら――注意すべき留意点」をまとめてしめくくりたいと思う。

その一、まずどの治療機関に行くべきかを慎重に考えること。

(2)に記した私の医師選択の失敗をぜひ参考にしていただきたい。くれぐれも慌てて、マッサージや接骨院に行かないこと。大学病院と民間クリニックの長所・短所をよく見極めること。

その二、医師一人にこだわるな、セカンドオピニオンを探せ。

かかりつけの医師は万能ではない。必ずもう一人か二人の医師に診断してもらって、納得できる医師を真剣に探すこと。納得できなければだらだらと続けず、運は天にまかせて思い切って医師、薬を替える勇気を持つこと。

その三、骨の病気は現代医学でもはっきりとは分からない。

(4)にこのテーマで記述したが、痛みには骨自体からくるものと、それ以外の原因から起こるものがある。骨以外というのは例えば癌、リウマチ、眼精疲労、うつ、ヒステリー、バレリュー症候群（自律神経系異常）などで、頑固な便秘も強い痛みを引き起こす。これらは整形外科では分からないので、必ず内科の専門医にかかることをすすめたい。痛みは何らかの注意をあなたに発している警告であるので、慎重に対処してほしい。

一方、骨の痛みの主なものは骨粗鬆症、椎間板《ついかんばん》ヘルニア、脊柱管狭窄、半月板損傷、腱板断裂などすべて老化からくるもので、少々の痛みは高齢者にとって当然のことと思って耐えるほかない。まさに「ヘルニアよ　汲みかわそうぜ　秋の酒」である。痛みを友だちにするのである。

その四、症状改善の主体は一〇〇％自分自身である。医師はアドバイザーである。努力目標は次の二つ。

① 常に前向きの姿勢で――必ず治ると潜在意識に問いかける（マーフィーの法則）。サムシンググレート（太陽でも神でも祖先でもよい）に感謝と助力の祈りを続け、自然治癒力を信じること。

② 回復への努力を怠らない――軽い運動、バランスのとれた食事（太ることは厳禁。毎日体重計にのること）、入浴、正しい呼吸法、おだやかな心を持つ努力。

闘病ざれうた二十選

さて、最後は苦しい病床でつくった「ざれうた」でしめくくりたい。題して「今は我慢でいつかは笑う」。

オムツしてトイレもいけぬ苦しさよ
　　　今は我慢でいつかは笑う
神様よなんで私がこんな目に
　　　今は我慢でいつかは笑う
病んでみて初めて分かる生きること
　　　今は我慢でいつかは笑う
ヤブ医者に出会ったことも運の内
　　　今は我慢でいつかは笑う
友達に見せたくないよこの姿
　　　今は我慢でいつかは笑う
づけづけと口から尻から管入れる
　　　今は我慢でいつかは笑う
胃カメラも大腸検査も楽でない
　　　今は我慢でいつかは笑う

眠られぬ夜は落語を聞いている
　　　今は我慢でいつかは笑う
花吹雪舞い散る丘でホカベン食べる
　　　今は我慢でいつかは笑う
杖をつき隅田の河辺で「花」歌う
　　　今は我慢でいつかは笑う
ビール飲む若者横目で眺めつつ
　　　今は我慢でいつかは笑う
ダメはダメ妻のルールは憲法だ
　　　今は我慢でいつかは笑う
酒を断ち飯を減らして野菜食う
　　　今は我慢でいつかは笑う
病気してメタボ一気に解消す
　　　今は我慢でいつかは笑う
ボルタレン　ヒエルロン酸　マッサージ　どれが効くのか分からない

　今は我慢でいつかは笑う
夢見るはうな丼カツ丼豆大福
　今は我慢でいつかは笑う
夢見るは香港　アメリカ　アルゼンチン
　今は我慢でいつかは笑う
夢見るはゴルフ　カラオケ　碁の敵《かたき》
　今は我慢でいつかは笑う
夢見るはアメリカに住む孫の顔
　今は我慢でいつかは笑う
有難とう感謝の歌を三唱す
　今は我慢でいつかは笑う

九月十九日、『病牀六尺』を書いた子規の命日に東京根岸にある子規庵を訪ねた。その庭には若くして他界した子規の霊を慰めるように大きな糸瓜《へちま》がたわわと垂れ下がっていた。

糸瓜咲て　痰のつまりし　佛かな　　子規絶筆

死《し》の巻

38 ――よく生きよく死ぬ――わが死生観

六十歳と七十歳の違いとは

二〇〇六（平成十八）年、私は古稀（七十歳）になった。一九三六（昭和十一）年二月二十九日というちょっと変わった日に生まれたので正式な誕生日は十七回しか迎えていないが、間違いなくシルバーパスがいただける年齢になった。子供時代は身体が弱く、ここまで生きるとは思わなかったが、いつか知らぬ間にこの齢《とし》になっていた。

人に齢を聞かれたときは若いほうへサバを読むか、言いたくないのが一般の心情だが、七十歳を分岐点として堂々と正しい齢が言えるようになるのは、人生の風雪に耐えて今日まで生きてきたぞと自分にも他人にも誇示したい気持ちがあるからだとある本に書いてあった。

六十歳のときは、品川にある開東閣で約百人ほどの友人をお招きして還暦の祝宴を開いたが、そのときに比べ、古稀はいろいろな点で相違があることに気づく。

一番大きいのは、六十歳のときは招いた友人に感謝すると同時に、第二の人生も今まで以上にご交誼くださいと精一杯のお願いの気持ちを表していた。

一方、七十歳の誕生日のお祝いは家族だけでひっそりと銀座「和光」のレストランで行った。そして、オレはどのように死ぬのかなと考え、死ぬ前にどのように生きるか、老人ホームの実態や、お金にからむ成年後見制度、延命策はとるななどと話し合った。

六十歳のときは、死などということはまったく考えていなかった。『バカの壁』を書いた養老孟司東大名誉教授やアルフォンス・デーケン上智大名誉教授は、日本人は若いときから死について考えるべきだと主張されている。が、日本人には死というのは感覚的に最も忌み嫌うべきものだという考え方が強く、ホテルの部屋番号などでも「四」というナンバーを使わないのもその一つの表れである。

ところが、ふと気づくと新聞の記事で七十歳前後の死や病がやたらに目につくようになってきた。長嶋茂雄氏が脳梗塞で倒れ、仰木彬オリックス元監督や脚本家の久世光彦氏、亀井善之元農相の急死はすべて七十歳。そして大学の先輩で尊敬していた大平正芳元首相も在任中、七十歳で亡くなったことも思い出した。七十歳の死と聞くと、私の至近距離で爆弾が落ちた気がするのだ。

七十にしての悟り

ギリシャ語で「人間」とは「死すべきもの」という意味である。古代ギリシャ人は、人間が死すべきものと知ったうえで生きていたからこそ、人間は正しい行いをすべきだと考えていた。ローマ時代の哲学者セネカは「仕事に追われて生きることを止める土壇場になって生きることを始めるのでは、時既に遅しではないか」と警告している。一つひとつごもっともなことではあるが、そんなに簡単に、死を受け入れることができないのも人間の特徴であるといえなくもない。

例えば大平元首相の親友で賢人といわれた大来佐武郎氏（元外相）でさえ、その残した文章を読むと「間近かに大平さんの死を見たが、七十三歳になっている自分自身にはそうすぐ死が来ないような気がする」と書いてある。その頃私は、お元気な大来さんにお目にかかる機会があった。しかしその一年後くらいに、仕事で電話中に亡くなったというニュースを聞き飛び上がらんばかりに驚いた。このようなことが身の周りに起こると、そろそろ自分の人生の幕の降ろし方をまじめに考えなければならぬと思うようになってきた。

ただ、私は「死と生と対比的に捉えないで、死というものは人間のライフサイクルの一つであり生の中に死がある」と考えている。であるからこそ、死の問題は「生きる覚悟」「生きざまの問題」と捉えていて、毎日毎日丁寧に生きる形が大切だというのが私の死生観である。

式年遷宮参加も何かの縁

折りも折り、伊勢の日和神社の宮司で老人ホームの施設長を務める尊敬する友人から伊勢神宮の式年遷宮のためのお木曳《きびき》への参加の誘いがあった。実施日は二〇〇六年五月二十日。ちょっと躊躇したが、古稀の記念に思いきって家内と一緒に参加することにした。二十年に一度、神殿の新造のために一日神領民となって数千人の町民ボランティアとともにご用材を外宮《げぐう》まで一日かかって引っ張るのだ。

途中で木遣《きやり》音頭が美しく響き、一千三百年も続く歴史が古都にゆったりと流れていた。参加者は一体となって、神々のおかげで生かされていることを実感しつつ感謝の念が心の底から湧き上がってくる。外宮の池にご用材を投げ入れてお木曳は終了するが、汗まみれの参加者全員で万歳を叫ぶときは一同の目に光るものがあった。生きるということは誰かのために尽くすこと、そして世話になった人々に「ありがとうございました」と言える死に方が一番いい死に方であることを知らされた一瞬であった。

古稀の年に、「よく生きることはよく死ぬということ」を確信できたのはまことに有難く幸せなことであった。

何事の　おはしますをば　知らねども　かたじけなさに　涙こぼるる　　西行

39 ――人生の最期をターミナルケアで

難しいホームでのターミナルケア

老後の生き方については古来さまざまな人が考えを述べているが、ここでは老人ホームでの死と人生最後のケア（ターミナルケア）について思うところを記してみたい。

ターミナルケアとは、「医療的な処置を施しても治療の見込みのない人に対する生命最後の包括的ケア」と定義されている。つまり本人および家族が特養ホームで無理な延命処置は行わず死を迎えることを希望し、施設側もその希望に沿って終末のケアをすることである。

一見簡単に思えることだが、いろいろな問題があってこれを実践している老人ホームはきわめて少ない。家族については九〇％以上の人がターミナルケアを希望しているのが実状であるが、何故、特養ホーム側が実施したがらないのか。

その第一は、ターミナルケアに協力し死亡診断書を書いてくれる医師がなかなか見つからないことである。特養ホームは原則として医療行為をしないことになっているので、利用者の身体状態が心肺停止など最後に近づくと、できるだけ早く看護師が入院手続きをとるのがこの世界の常識のようになっている。万一、老人ホームで突然亡くなって死因がはっきりしない場合は警察医による検死があり、責任者が厳しく尋問される。家族への説明にも細かい配慮がいる。

死亡診断書がないと葬儀の準備もできず、困った状態になる。責任者はそれを恐れてなかなかターミナルケアに踏みきれないのだ。しかし利用者の立場になって考えてみると、死の直前になって突然慣れない環境（病院）に移され淋しい思いの中で人生の幕を閉じるのはどんなにつらいことか。

ターミナルケアに踏み切れぬ第二の理由は、老人ホームの責任者が職員の強い反対にあって決断できないこと。またそれを理由にして、責任者が明確にターミナルケアをするという方針を出さないことである。

トップとしては理念的には決断したいのだが、看護のリーダーが「看護の役目は病気を治すことで、ケアだけで死を看取った経験がないから不安だ」と言い、介護のリーダーにも「介護職員が死を看取ったことがないので心理的動揺にどう対処してよいか分からないから不安」と消極的な発言をされると、なかなか実施に踏みきれぬのが実情である。

ターミナルケアを実践できた

ところが二〇〇七（平成十九）年八月一日、等々力の家では初めてのケースとして、ターミナルケアによるMさん（九十歳）の生命の終焉（死）を看取ることができた。その理由は、なんのことはない、難問をねばり強く時間をかけて一つひとつひもといていったことである。

まず当施設の創始者であり「やさしい手」の会長の香取眞恵子氏が、事業方針として絶対にターミナルケアをやるべきだと当社のニュースレターの新年号に書き、その言葉に刺激されてわれわれも一致団結してヤロウということになった。ところが実際は、現場の反対は思ったより根強かった。そこでターミナルケア研究会を発足させ、他施設の成功例・失敗例、不安などをみんなで話し合った。

そして突破口になったのは、看護のリーダーと介護のリーダーを都内でターミナルケアを実施しているA特養に一緒に派遣したこと、そしてそこのしっかりした女性の施設長の具体例や注意事項を聞き、「あなたたちなら絶対できますよ」と激励されたことである。この日を境にこの二人のリーダーが目からうろこが落ちたかのようにめざましいリーダーシップを発揮しだしたと、当プロジェクトの推進者であるN副施設長が明言している。

生活支援課のTケアマネージャーも家族の了承を取りつけ、各部門に緊急態勢の連絡システムを徹底してくれた。さらに嬉しいことに、難問の医療問題も嘱託医師が快く協力の約束をしてくれて、本ケースに対してても実にスムーズに死亡診断手続きを終えることができた。

生前、介護職員のマナーに厳しかったMさんも今は薄化粧されベッドに横たわっている。その姿は清楚で美しく、ほとんどの職員が仕事の合間に焼香に来ていた。

一夜明けて家族も来られ何度も御礼を言われた。遺体が静かに等々力の家から運び出されるとき、私がかすれた声で「黙とう」と叫ぶとホールに並ぶ何十人の職員の目から涙がこぼれ落ちた。その涙には別れの淋しさと同時に、Mさんのやすらかな死に際して共に過ごし、全力をそのケアに尽くすことができた満足感があふれていると思った。

ターミナルケアへの挑戦で、職員も私もMさんから人間の死とこれからの老人ホームのあり方を学ばせていただいた気がする。

40——死生観いろいろ(1)　願はくは花の下にて春死ねるか？

最高齢とはいつの間に

久しぶりに、以前働いていた会社（三菱電機）のＯＢの会に出席してきた。

六十歳を過ぎてからは会社のＯＢの会とか学校の同窓会にはなるべく行かず、新しい地域の集いに積極的に参加するようにしてきた。それにはそれなりの理由があるのだが、今回はたまには懐かしい元の職場の人々に会うのもいいかと出かけてみた。

会場に着くと、受付の人が私に会の冒頭に挨拶をしてほしいと言う。「なぜ私が？」と聞くと、私が一番の高齢者だからだという。

一瞬目まいがしそうであった。いつの間にそんなに年をとったのだろう。そろそろ「死に支度」をする年になったなという思いがよぎった。落ちついて名簿をゆっくりと眺めると、私より長寿の先輩の名を見つけ（当日欠席）、ちょっとほっとし、私より若い人の死亡を知ると、爆弾が至近距離に落ちたような気分になった。

ちょうど、その日の午前中に話題の『おくりびと』（アカデミー外国映画賞受賞）を見たあとだけに、なおさら死に支度とか死生観について考えさせられたのかもしれない。日本人は死を感覚的に最も忌み嫌い、高齢になっても死に関する話は避けようとする傾向がある。ときには、高齢者たちが「ＰＰＫ（ピンピンコロリ）で死にたいなぁ」などと言って大笑いをしているが、自分はまだまだと思っているし第一そんなにカッコよく死ねるものではない。

西行と新藤兼人——カッコいい死に方を考える

カッコよく死んだ人といえば、西行法師を思い出す。

願はくは　花の下にて　春死なむ　そのきさらぎの　望月《もちづき》のころ

西行は自分の愛した桜の花の下で、釈尊《しゃくそん》と同じ日に死にたいと生前にこの歌を公表し、予告通りにその日に他界したので当時の歌人たちは度肝を抜かれたと伝えられている（享年七十三)。「偶然だよ」とせせら笑う人もいるが、今ではさすが西行法師だということになっている。

最近百歳で亡くなったが最後まで現役だった映画監督、新藤兼人の死生観を紹介してみよう。彼には親しい友人で七十三歳で死んだ名優宇野重吉の死への問い方を例に引きながら自身の死生観を記したものがある。

一九八八(昭和六十三)年に亡くなった宇野重吉は、二度のガンの手術ののち死期を悟ってから宇野重吉一座を組んで旅に出たという。

人は死ぬと知ったとき、立ちすくんで何もできないか、人間として最後の行動に出るかの二通りがあり、宇野の場合は後者である。「芝居を本当に喜んでくれる人たちに会いたい」という言葉を新藤兼人は直接宇野から聞いている。

最後の撮影に行ったときのことを新藤は次のように記している。

「重ちゃんに会ってがくぜんとした。目はおちくぼみ、腕は骨に皮がついているだけだった。取材を諦めようとしたが、彼はかまわないカメラをまわしてくれ、話しておきたいことがあると言った。彼は死を覚悟していたからまたの日といわないということがこちらにも伝わってきた。一時間ばかり仕事をし、『これから沖縄にいく。病院のベッドにいたってトラックの中で寝ていたって同じだ。外の景色を見ていると生きかえった気持になる』と。新藤はその言葉を聞いてこれが宇野重吉の遺言状であり役者というものが羨ましく思った、生命が尽きるまで演じられたらさぞ仕合せだろうな。」

ある人は彼の行動を人騒がせをしないで静かに寝ていたらと批判したが、宇野はドラマの原点はリアリズムにあるという姿勢を死に際まで体で主張したかったのだ。

新藤は二十数年前にこの文章を書いたが、死の直前まで老骨にむち打って映画を撮り続けた彼の姿には宇野重吉の生き方、死に方が重なっているように見える。人間はいかに生きるかいかに死ぬかではなく、いかに死ぬためにいかに生きるかが問われているのかもしれない。

死に支度は生きる形

次に、樋口広太郎の死生観をご紹介したい。

彼は住友銀行からアサヒビールの社長に転じ、キリンビールを抜いて一時トップになりアサヒビールの再生に大活躍をしたことで有名な人物である。私も一度会ったことがあるが、小柄で気さくで実に明るい人物であった。

彼は「企業トップの明るい死生観」というエッセイを残している。

樋口は、「人間はどうせ死は避けられないものだからこそ充実した人生を送りたい。我が実業人の場合世の中の動きをよくみて社会に対して有意義な仕事をなしとげることが最高の幸福であり実業人の死に支度である。死に支度は人生に対する構えといった観念論ではなく毎日毎日の生きる形にある」と明言している。

人生には二つの生き方がある。一つは「とにかくこの世を楽しもう。未来は神まかせ、つまらんいいがかりは無視する」というゲーテの楽天的人生観。もう一つはカントの「苦しんだ行為のみ善。愛を保証するものは犠牲である」という厭世的人生観である。樋口は明るい楽天的死生観を選択し、大切なのは「死の問題とは生きる覚悟、生き様の問題である」と強く提言している。

そして彼の銀行時代の友人の死について、樋口は次のように書いている。その友人は新宿支店長で仕事もよくでき人間関係にも立派だったが、何よりも偉かったのは死ぬ二カ月前にもうダメだと気がついたときに周囲に感謝し、みんなに「ありがとう」と言って死んでいったことである。こういう死に方が一番いい死に方であると思う、と。

以上、読者が自身の死生観について考えるとき、何らかの参考になれば幸いである。

41——死生観いろいろ(2)　秋山ちえこのワガママ

「七十三歳」の偶然

まず、読者の皆さんに次の質問をしてみたい。

——次の人物の共通点はなんですか。

孔子、西行法師、伊能忠敬、宇野重吉、遠藤周作、筑紫哲也………

答は全員七十三歳で他界していることである。これを知ったとき、一瞬ぎょっとした。

私も七十三歳。死なんかまだまだ遠い先のことと漠然と考えていたが、ふと振り返ると二人の義弟はもういない。死に支度というか死としっかり向き合ってもおかしくない年歳《とし》になっているのだ。しかし死と向き合うといっても経験がないから、どうしてよいかまったく分からない。

「われわれは生きている間は死はこない。死がくるときにはわれわれはもはや生きていない」とエピクテトス（ギリシャの哲人）は言っている。だからいい加減に生きていくほかない、なるようにしかならないと考えている人も多いと思う。

一方、「神から与えられたこの人生を、神の栄光のために使い何が価値あるかを考えて生きるべき」（長谷川周重元住友化学社長）、「今をどう生きるか、それは一瞬一瞬、最高の価値ある生き方に励む。善行を励むしかない」（高田好胤元薬師寺住職）と主張する人もいる。

また、「死は怖くないが、死より老い、ぼけ、病気が怖い。この難関をうまくくぐり抜け、なんとか死のゴールに到達したいのが私の切なる希望だ」（菊村到・作家）という人もいる。

死の迎え方、その覚悟

「死は生の最後のドラマ、人生はドラマである。ドラマには必ず終幕がある。終幕もドラマのうちであるように、生と死は別ものではない。充実した舞台を演じたのち、悔いの残らない終幕を迎えることこそ最高のしあわせというものだろう。」（笹沢佐保、作

家）

笹沢の言う「悔いの残らぬ生き方」とはどんなものか、私にはよく分からない。人々の死生観はさまざまである。古典を紐解いて西行の時代にはどんな生き方をしたかを見てみたい。

西行（一一一八〜一一九〇）の時代。俗世間といわれたこの世（此岸《しがん》）からあの世（彼岸《ひがん》）に行くまでに乱世に生きる知恵として、遁世《とんせ》というもう一つの世に生きる生き方があった。仏教では一般人の通常の生き方を俗世とし、死後の世界を浄土とみなし、死を迎える以前から俗世から遠ざかった生活をするのが好ましいという考え方であった。出家し世捨人になるのである。遁世を身をもって示した人を「聖《ひじり》」と呼んでいた。

一方、出家したものの仏教の修行に向かうのではなく自分の理想を実現するための方便として遁世を選ぶ人もいた。それが和歌を通して仏につかえた西行であり、「徒然草」の兼好であり「方丈記」の鴨長明である。現代では青空説法にいそしむ瀬戸内寂聴もこの部類に属していると私は思う。

この人々は、妻子も捨て財産も捨てたにせよ出家後もたくさんの現世を引きずっていた。西行の「世の中を　捨てて捨てえぬ心地して　都離れぬ我が身なりけり」、この歌には世を捨てたけれど、完全に捨てきれぬ人情がよく出ていると思う。「吉野山　こずゑの花を　見

し日より　心は身にも　そはずなりにき」、この歌は桜の花が大好きな西行の心は身体から離れて浮遊したという考え方を出している。人間は魂と身体とが合わさってできているという人間二元論である。

カソリック信者であった作家の芹沢光治良も次のようなことを書いている。「人間は神が身体を貸しその中に分霊を授ける。肉体が用をなさなくなった時分霊は人間の魂を案内して昇天する。肉体は土になるが、それを人間は死と呼ぶ。しかし魂は神のふところに戻り、俗世で受けたほこりや罪を洗いきよめ又世に送るかしばし神の世界で修行させるかは神が決める。つまり人間の魂はずっと生きつづけるのだから人間の死はない」と。だから二元論を信じる西行も芹沢も死を怖れていなかったといえる。

大きなワガママ、自分の死は自分で決める

われわれ凡人にとっては死が怖いとか怖くないとかということよりも大切なことは、「生きる覚悟と死を迎えるまでの生き様」である。その礎になるものをもっと知りたいと思っていた矢先、秋山ちえこさん（評論家）の書いた「大きなワガママ小さなワガママ」という自

身の死生観について書いた文章に出会って感銘したので、要点のみ紹介したい。

秋山さんには十年ほど前、直接お目にかかったことがある。どこか若尾文子さんのような愛らしい魅力的な雰囲気が漂っていた。お茶の水女子大を卒業した秋山さんの死生観は難しくなく、はっきりしていて分かりやすい。

秋山さんは、まず「小さなワガママ」として次のように述べている。
・残り少ない日々を毎日感謝して小さな楽しみと喜びを噛みしめつつ生きていく。
・山から谷へ少しずつ自分でおりていく。自ら選んだ道をプライドが傷つけられぬために自分からおりていく。いい気持ちで消えていきたい。
・不愉快と感じる依頼はすべてことわる。尊大だと思われても気にしない。
・人とのつきあいも「せっせと会いたい人」「ときどきでいい人」「会いたくない人」と印をつけてつきあう。
・子どもとも距離をおく。寂しさを救ってくれるのは他人とのほどよいつきあいである。盛岡市でやっている障害者のためのいきいき牧場での村長としてのボランティアは最高に楽しい。
「大きなワガママ」は二つ。その一は、癌になったらはっきり告げてくれと医師に命令したい。その二は、延命措置は誰がなんと言おうとしないと今から弁護士を通して契約しておきたい。自分の死は自分が責任をもって決めたい。

一九一七（大正六年）生まれの秋山さん、いつまでもお元気でとひそかに祈っている。私もまったく同じ考えだからだ。

42

——人間、啄木を実感す——生への哀感とともに

賢治より啄木にひかれるわたし

どうかかうか、今月も無事《ぶじ》に暮らしたりと、
外に欲もなき
晦日《みそか》の晩かな。

何となく、
今年はよい事あるごとし。
元日の朝、晴れて風無し。

まず、啄木の秀歌を二種冒頭に掲げた。現在の日本は長引く大不況から抜け出せず、閉塞感が蔓延している。しかし終戦後の窮状を乗り切ってきた七十歳以上の人たちにとっては、なんのこれしきと思い、こういうときこそ脚下照顧、足元を見つめ、耐えてこつこつ生き、ときには啄木のうたでも口ずさむ余裕を持ってはと言いたいところである。

かつて盛岡に単身住んでいたとき、あちこち、うろうろと歩きまわったが、どこへ行っても啄木の歌碑に出会った。「何となく……」のうたは岩手県立大学の校門近くの石碑に刻まれていた。

当時の岩手県立大学学長の西澤潤一氏にお目にかかったとき唐突に「先生は啄木と宮沢賢治、どちらがお好きですか」とお聞きしたところ、「両方とも岩手県出身の天才だが私は賢治が好きだ」と即座に答えられた。文化勲章を受章した半導体研究の科学者としては、当然、農業研究に身を挺した賢治が好きだということはうなずけるが、私は天才でありながら不運のまま、二十六歳二カ月の短い人生を閉じた啄木に強くひかれる。私が中学生の頃読んだ啄木歌集を、七十歳過ぎてもう一度読み返すと、また別の味わいがあり胸を打たれる歌が多い。

筆者選、啄木秀歌

そこでまことに子供じみているが、選者の気持ちになって渡辺一雄選としてベスト四十首を選んでみた。これも伯父「月甫」が青虹社という全国組織の歌壇を主宰し、両親もその一員であったことが少し影響しているのかもしれない。その四十首を東京都の高齢者福祉センターで紹介したところ、参加者も昔を思い出し、わかりやすい、美しい日本語の啄木のうたを楽しそうに大声で朗詠してくれた。このシニアたちに人気のあった数首をここで紹介し、少し解説してみたい。

万人に共通するこころ

まず冒頭の二首めはまことに正月にふさわしい。読者の皆さんももう一度声を出して詠んでみませんか。

何となく、
今年はよい事あるごとし。
元日の朝、晴れて風無し。

啄木はよく手紙を書く人で、年賀状も九十枚ほど出していたという。自作のうたをいつも添書きしていたようで、この歌もきっと書かれたことと思う。当時、葉書は一銭五厘で郵便局は明治四年に開設されている。

彼が友人宮崎道郎に出した年賀状が残っていて一八九六（明治二十九）年、「謹而賀新年／併而平素謝陳情」と書かれている。このとき、啄木は十歳で盛岡高等小学校の一年生。少しでも難しい文章を書こうとして背のびしているところが微笑ましい。

この「なんとなく……」の和歌をつくった一年後に彼は死亡するのであるが、病床にあっても元日は威儀を正し身を潔め、幸多かれと祈る心は万人に共通するものであるところから、今日でも愛唱される歌になっている。

生活苦の実感

はたらけど
はたらけど猶《なほ》わが生活《くらし》楽にならざり
ぢっと手を見る

苦しい生活が続き、金田一京助に金を借りて何度も苦難を乗り切っていた。金田一の長男が啄木のことを「石川五右衛門の親戚か」とまじめに父に聞いたという笑い話が残っている。
この歌はある新聞のアンケートでは、現代のサラリーマンの好むうたのナンバーワンにランクされている。

家族への愛

友がみなわれよりえらく見ゆる日よ
花を買ひ来て
妻としたしむ

昔、神童といわれた啄木だったが友人たちが自分を追い越し活躍している。自分はやっと見つけた代用教員もクビになり無職。そばにいて啄木を頼りにしている妻に恥ずかしさとすまなさで胸が一杯になり、せめて純粋に咲いている花を買って妻と打ち解けようとする啄木の気持ちはとくに男性の心をしめつける。

たはむれに母を背負《せお》ひて
そのあまり軽《かろ》きに泣きて
三歩あゆまず

両親の溺愛の中で育った啄木はわがままな子として成長した。親の期待に沿えず心苦しく思っていた。たわむれに母を背負った瞬間の心を「三歩あゆまず」という見事な表現で、やせおとろえた母に「すまない」という気持ちを表している。三歩どころか一歩も歩けないほど、母に対する切実な思いがこめられている。

生前、母に充分孝行できなかったおじさん族の心を強く打つものがある。以前大ヒットした杉本真人が歌う「吾亦紅《われもこう》」に通ずるものがある。

43——言葉貧しく、もどかしく

弔辞は難しい

炎暑の夏が過ぎて秋風が吹き出す頃は、訃報が入ってくる時期である。

老人ホームの施設長をしていたときには、九十歳台の利用者の死に出会うことが多かった。この死は悲しいというよりも、淋しいという感覚にとらわれる。ときには家族の方に「施設長さん、これでホッとしました。母は大往生でした」と明るい顔を見せられて、「それは良かったですね」とも言えず挨拶の仕方に困ったこともあるが、高齢者の死は一般に淡々としたものがある。

しかし、私の同級生や親しい友人、年下の親戚などの死に接すると、悲しさが身に沁みる。

とくに同級生は同じ齢《とし》であるだけに、遠くにあった死がすぐそばに近寄ってきた気がするのだ。

早稲田大学の創立者、大隈重信は、人生百二十五歳説を唱え大隈講堂の時計台の高さを百二十五尺（約三十八メートル）にしたが、彼も八十四歳で亡くなった。やはり人間には寿命があるのだという至極当たり前のことと、それだけにこれからの人生の一瞬一瞬を大切に生きていくことの重要性を思い知った。

ふと、芭蕉が一笑という友人の死に送った「塚も動け　我が泣く声は　秋の風」という名句を思い出した。他界した友人たちには弔電、弔辞、弔文を送ることになるが、なかなか芭蕉のようには思いをずばりと表すことができず、もどかしい。

嬉しかった思い出とともに送る

二〇〇六（平成十八）年に急死した親友K氏（享年六十六、元読売新聞編集委員）のときには読売新聞社のI氏から弔文を頼まれて次のような文を書き上げたが、何度書き直しても何かもの足りない感が残った。弔文とは、そういうものかもしれない。

いい奴ばかりが先にゆく――Kさんに感謝

「いい奴ばかりが先にゆく、どうでもいいのが残される♪」という、小林旭が歌って大ヒットした演歌がある。この歌は私の大好きな作曲家の杉本真人氏が作った名曲だが、メロディーもさることながら、歌詞が素晴らしい。

Kさん死去の連絡を畏友《いゆう》京極高宣氏（元・日本社会事業大学学長、現・社会福祉法人浴風会理事長）から受けたその日の夜は、いきつけのスナックで、一人この歌を何度も歌った。「どうでもいいのが残される」というフレーズはとくに強調し、なかばやけくそになって歌った。「いい奴ばかりが先にゆく」のところは、Kさんの思い出を思い浮かべつつ涙流して歌った。

その思い出は楽しく、かつ有り難いものばかりであった。

とくに嬉しかった思い出は、私が十二年ほど前に「東大附属病院にこにこボランティア」を創設し、その関係から東大の研修医に「病院ボランティアとフィランスロピー」の講義をしたときのことである。私ごときものが東大で講義をするのは冷汗ものであったが、腹をくくって約二百人の学生の前に立った。

おずおずと壇上で顔を上げるとなんと一番前の左隅にKさんが座っていて、あの素敵な笑顔を私に向けているではないか。何にも連絡していないのに、どうして、と驚く私にちょっと手を振って、まあ落ちついてやれよというしぐさをしたような気がした。よく来てくれたという感謝の気持ちと二百人の中でただ一人の味方がいるという安心感で精一杯頑張り、大役を無事終えたときは彼の姿がもう見えなかった。

翌日会社（当時三菱電機本社）に行くと、何人かの社員たちが新聞を見たよと私に言い、また朝っぱらから私宛てに電話がじゃんじゃんかかってきている。原因はすべて読売新聞の朝刊だった。

朝刊の名物コラム「読売編集手帳」に、企業戦士だった男がアメリカでボランティアに目覚める事件があって「東大附属病院にこにこボランティア」を創設し、エリートの医者の卵にフィランスロピーを講義するまでになったくだりが見事に表現されていた。

Kさんはその後何も言わなかったが、あの名文は間違いなく、Kさんの筆致である。今も深く感謝している。

その後ゴルフやワインの仲間に入れていただき、岡山の川崎医療福祉大学で共に講義を持つことにもなった。Kさん亡きあと、ある日私の所属する熱海ゴルフ倶楽部へ一人で行くと、フロントが「もう一人の方がいるのでご一緒にどうぞ」という。なんと読売新聞社社長（当時）の滝鼻卓雄さんが立っておられる。

初対面だったが、Kさんの話が接点となり意気投合。その日一日のゴルフはKさんの思い出話をお互いにしあい、スコアなんかはめちゃくちゃだったが、しみじみかつほのぼのとした、忘れられないゴルフとなった。これも間違いなく思いやり深いKさんのお引き合わせと思っている。

弔文の　言葉貧しく　秋時雨　　一雄

付：人生ホームストレッチ――ナベさん施設長奮闘記

はじめに

「ある日突然思いがけないことが起こる」、そんな経験をお持ちの方も多いのではないか。私のこれまでの人生を振り返ると何度もそんなケースに出会ってきた。

二〇〇四（平成十六）年のある日、「老人ホームの施設長をやってくれないか」という思いがけない電話が信頼する友人から入った。

かつて三菱セミコンダクターアメリカの社長を引き受けたときも半導体は半分導体だぐらいしか分からないのに引き受けた経験から、なんとかなる、これは人生街道のホームストレッチだ、失敗したら私を選んだ人が悪いんだ、と開き直って施設長（正確には社会福祉法人「奉優会」常任理事兼「等々力の家」施設長）を引き受けてしまった。

引き受けてはみたものの、それまでしてきた仕事と本質が大きく違うのを知って愕然とした。この老人ホームは、入居者平均年齢八十九歳、最高齢百八歳。職員平均年齢二十七歳。そのほか奉優会は十五部門（デイホーム・ショートステイ・特別養護老人ホーム・在宅介護支援センター・高齢者在宅サービスセンター）を持つ約一千人の組織である。

平均八十九歳の入居者にはできる限りの温かい態度で接していきたい。いずれは私自身にもやってくる人生の最晩年に、老いをどう生きたらよいのか、高齢者にどのように接したらよいのか、既に他界した私の両親に対するように、深く考えながら接遇したい。他方職員は私の子供の年代であるから、「命令する」という姿勢ではなく「君の人生を幸せなものにするために、こういうことをしたほうが（しないほうが）いいよ」と言い聞かせるようにして仕事を進めていきたい。

学生時代の友人は親を看取った実体験から、「社会福祉法人の老人ホームは安いけど不親切、不透明だ。役所の措置制度に守られてきたので職員が官僚的で冷たい」と言った。またある友人は、「特別養護老人ホームに入るにはどう申し込んだらいいかどんな条件で入れるのか、申し込めばすぐ入れるのか、さっぱり分からない。パンフレットにある、軽費老人ホーム・ケアハウス・ショートステイ・グループホーム・パワリハなんて単語の意味がまったく分からない。ペラペラとそんな専門用語を市民の前で使う施設職員に腹が立つ。渡邊、そんな老人ホームの改革は大変だよ。お前大丈夫か。止めたらどうだ」と言わんばかりの目で私を見た。

難しいから引き受けた私の心の奥底は、彼には分かってもらえそうもない。人生のホームストレッチでどんなことが起こったか、本書の最後に、私の施設長時代の苦闘を物語る文章をいくつかご紹介しておきたい。

1

施設の常識と非常識

福祉の世界の常識って?

福祉の世界に入るにあたって、私としては自分なりのある夢を持っていた。

しかし仕事を始めて一週間もすると、福祉の世界に生きている人々の、ものの見方、考え方に一般の民間企業の人たちとまったく異なるところがあるのに驚いた。このギャップをどう調整するかが課題であるが、どんなことに驚いたのか、実際の事例を挙げてみる。

私が利益目標、事業計画などについて説明しているとき、ある職員が近づいてきて、「施設長、ここは利益を出すことよりも利用者にいかにして満足を与えるかが大切なのではないでしょうか。私が社会福祉法人である当社に入ったのは利益のためではなく、老人介護に意義を感じたからです」と言った。

この職員に限らず、こうした考え方が福祉で働く人々の心の奥底に強く潜んでいることに驚かされた。長い間の、補助金を受ける措置制度の中でうまく運用することが経営であった時代から脱皮できないのである。

官の影響の強さを実感

私の前任の施設長は区役所からの天下りだった。これに代表されるように、この区に存在する十六の施設の施設長のうち、三分の一弱は元区役所の幹部である。現在、高級官僚の天下りについては厳しい目が注がれているが、高齢者福祉施設がこれほどとはと、驚かされた。月に一回ほど、区役所の施設サービス部でこれらの施設の施設長会議が開催される。初めての会議に出席したとき、大恥をかかされることとなった。

そこでは経管栄養とか、パワリハの導入とか、ちんぷんかんぷんの話が長々と続いた。二時間ほど黙って聞いていたが、会議も終わりに近づいた頃、区役所の課長が「施設の利用者の作品展を開いたらどうだろうか。そして一般市民にも公開していただきたい。それについて皆さんのご意見を伺いたい」と提案した。このときとばかりに私は手を上げた。

「まったく賛成です。作品公開だけでなく、その日は高齢者問題で悩んでいる市民の相談所を開いたらどうでしょう。待機者は全国で三十二万人いるのに、特別養護老人ホームは全国に五千四百七十八カ所、東京都に三百五十六カ所しかありません。それだけに市民にいっそうサービスをして、愛される特養になるべきではないでしょうか。」

私は新米の施設長であり市民に近い立場にいるので、この点は強く言いたかった。

ところが私の発言が終わるや否や、甲高い声のベテラン女性施設長が、「渡邊さんの意見は福祉の常識から外れています。そんな必要はありません。本当に困ったら必ず相談にやって来ます。毎日忙しいのにそんなことに手間暇をかけていられません」と言った。さも、何も知らない新米が大きな口を利くなとばかりの言い方だった。その場はしらけた雰囲気になった。私と彼女の両方を知っている課長が間に入ってくれて、一瞬立ち往生したが、「それぞれご尽力ください」といってその場を収めた。

私は福祉の世界の恥部を見たような気がした。そして私はあのような施設長にはなるまいと思った。補助金に依存せず自立する施設にするにはどうしたらよいか！――真剣に考えようと思った。

2 ダブルスタンダードは両立できるか

二律背反の要求に応えることの難しさ

名探偵フィリップ・マーロウを生み出したレイモンド・チャンドラーの小説の中に、「強くなければ生きていけない、優しくなければ生きていく資格がない」という有名な言葉が出てくる。今日、日本人、日本企業、日本の社会福祉法人にとって今後のあり方を考えるとき、この言葉が重要な意味を持ってくる。単的に言えば、ダブルスタンダード（二重基準）を両立させなければ存在する価値がないということである。

かつて〝エコノミックアニマル〟と国際的に批判された日本人は、今や定年後にボランティアとして地域社会に貢献することを期待され、企業もCSR（企業の社会的責任）を基準として単に利益追求するだけでなく、社会貢献（フィランスロピー）が強く市民から求められている。私自身このフィランスロピーの研究と実践をライフワークにしているが、わが国では「優しさと強さ」「利己主義と利他主義」「儲けることと見返りのない行為——社会貢献」のダブルスタンダードの合流点がなかなか見出せず、フィランスロピー思想の普及が遅々としていることにいらだちを感じている。

「措置」から「契約」へ、そして民間が参入

一方、長い間社会の福祉を公的支援を受けて一手に担っていた社会福祉法人は、二〇〇〇（平成十二）年からスタートした介護保険制度の導入とともに、利用者がただ支えられていた状況から自ら主体となって契約する形、即ち「措置」から「契約」へと大きく転換してきた。その上に介護サービスを中心に、社会福祉法人以外の多様なサービスを提供する民間企業が急速に伸びてきた。

例えば大衆居酒屋として全国的に急成長している「和民」という会社があるが、この和民の社長である渡辺美樹氏は次のように公言している。

「高齢者人口特に六十五歳以上の人口が、二〇〇〇年は二千二百万人、二〇二〇年には三千四百五十万人になることは間違いない。当然福祉のニーズは急速に拡大する。ここ

にビジネスのチャンスを見つけた。われわれの出番であると思う。なぜならば、そのような大きな福祉ニーズがありながら全口に約五千五百カ所の老人ホームしかないし、二〇〇七年現在三十二万人の特別養護ホームの待機者がいる。老人ホームの経営者は一体何を考えているのか。施設の職員のサービス態度はどうか。競争原理の中で育っていない施設のサービス性は磨かれていない。

ポイントは、『おいしい食事』『優しくいきとどいたサービス』そして『安価』であること。この三点で現在の老人ホームには負けない。居酒屋産業は厳しい競争にもまれ、食事はおいしいものを安く提供しようと最大限の努力を払ってきた。社員の接客教育も徹底した。既に既存の老人ホームを一社買収したが、二〇二〇年までに一千社の有料老人ホームを設立する予定である。」

この発言は確かに既存の老人ホームの弱点を突いており、学ぶことも多い。社会福祉法人は、弱者に対する優しい配慮と「公共性」「公益性」の高い組織としての存在意義はあった。それを民設民営ではあるが、行政側がしっかりと支えかつ監督してきた。

ところが二〇〇〇年以降、補助金のカット、民間会社と同条件で競争するという厳しい環境に放り出されたのだ。つまり社会福祉法人は、従来の公益性（儲からない）を保ちつつ介護保険事業でしっかり儲けよ、というダブルスタンダードの両立を求められて困惑しているのが現状である。

効率化がすべてではない

利用者からいただく費用は一人いくらと法律で決まっている。例えば食費は一日三食七百八十円であり、物価の上下や地域差にかかわらず介護保険スタート時から全国一率にこの価格である。七百八十円で精一杯おいしい料理を作るのが正しい経営なのか、それとも原価五百円に抑えて二百八十円を儲け、不満を最小限にくいとめるのが効率的経営なのか。サービスの質を下げれば儲かるが、公益性を重視する社会福祉法人では奉仕の精神が強ければ強いほど儲からないという仕組みになっている。

和民の社長は薄利多売のポリシーで一千店分の材料を安く仕入れ、居酒屋経営の経験から人にどんな味が喜ばれるのか知っているのだろう。社員教育もしっかりやっているという百戦練磨の彼は、今や意気軒高である。

だが、彼にも落とし穴がある。彼が公言するほど本業の社員の接客態度が良い評価を与えられているとは思えない。老人ホームの食事も大衆食堂のように十把一からげにはいかない。老人ホームの入居者は家族を含めて人生の長い経験者であるから一人一人厳しい批判力を持っているので、手造りのように丁寧に接しなければならない。

社会福祉法人の経営においてはさまざまな事情を充分考えたうえで、「社会に対する視点」「利用者に対する視点」「職員に対する視点」から分かりやすい行動指針を出し、経営トップから率先垂範することが重要と考えている。

3

行動指針は4C'sウィズサンクス

老人ホームに必要な新しいポリシー

四十年間も民間企業で働いてきて、人生の晩年に特別養護老人ホームで施設長・常任理事として働くことになって初めて気がついたことがある。それは空気が違うことだ。空気、即ち雰囲気である。施設の中は、一般企業とはまったく違った社会福祉法人文化ともいうべき雰囲気に満ち満ちている。とげとげしい競争の世界にさらされている一般民間企業とは違った、老人たちを優しく思いやる温かいムードである。

これは老人ホームとしては当然ともいえるが、他方で経営という視点からみると、どこか締まりのない、マンネリ化した面も気になった。しかしそれは、経営者や職員の責任ではなく、この業界が長い間、行政の措置制度に守られ競争意識やコスト意識の厳しさにさらされることなく過ごしてきた慣習から、そのようなムードが生まれてきたものと思われる。

ところが介護保険制度の導入（二〇〇〇年）以後、「福祉ビッグバン」が発生し、それまでのやり方では経営が成り立たないことが明らかとなった。新しい経営においては人事計画、利益計画、マーケティング、将来投資構想などすべてにわたって慎重に長期計画を立てなければならないが、一番大切なのは経営者のヴィジョンである。そして、そのヴィジョンに賛同する職員共通の行動指針を持つこと。この行動指針も経営者のヴィジョンの一つとして強く示さなければならない。

このポリシーは分かりやすいことが第一。そして社員に何度も説明し、納得してもらい実行させること。そのためには単なるスローガンにしないで、その実行の有無が社員の人事評価に直接反映されるシステムにしなければならない。このことを単的に表現すれば、4C's WITH THANKS（フォーシーズウィズサンクス）である。これはかつてアメリカ現地法人の会社を経営したときに制度化し成功したものを、一部を変えて社会福祉法人に応用してみたいと思い立案してみたものである。

4つのCが指し示すもの

4つのCの第一は、COMMUNICAITION（コミュニケーション＝連絡）。

かつて倒産する会社の特徴として、現場の情報が届かない、利用者の声を聞かない、何度言っても返事がない、トップが方針を出さない、いい加減な中間幹部、変化を極度に嫌いすべてマンネリ化している、足を引っぱる人がのさばっている、内部の協力がなくコミュニケーションが悪い、叱る人がいない、笑顔がない、暗い、汚い、ということを統計的に示していたデータがあった。まずはコミュニケーションの改革だ。コミュニケーションをよくするために、OPENDOOR SYSTEM（オープンドア・システム）と称してラインの一番下位の社員も中間管理職を飛び越してトップに連絡できる仕組みを設定した。また3 YELLOW-CARDS SYSTEM（スリー・イエローカーズ・システム）と称して、上司から三回注意されても実行しないときは厳しい人事評価が与えられることとした。

第二のCは、COORDINATION（コーディネーション＝連携）。

老人ホームは専門家群で成り立っている。看護師、言語療法士、介護福祉士、管理栄養士、理学療法士、作業療法士、ヘルパー一級二級、社会福祉士、ケアマネージャー、生活相談員。それぞれが専門家として自説を主張するが、どこかで妥協しないと仕事が進まない。コーディネーションの意味は、常に目的のためにどこかに妥協点を見つける努力をすることを要求しているのである。

第三は、CHALLENGE（チャレンジ＝挑戦）。すなわち、目標への挑戦である。マンネリ化は企業に対しても自分自身にとっても背任行為と受けとめたい。

最後に第四として、CLEANLINESS（クレンリネス＝清潔正直）。食中毒、インフルエンザ等の防御のためにも全員が清潔を守ること。と同時に、事故が起きても、隠さず、すみやかに報告すること。近年、大企業の幹部が真相を粉飾しのちに暴かれる例が多く見られるが、それらのケースを他山の石としたい。

基盤にはサンクスの心を持って

以上の四つのCに加えて、THANKS（サンクス＝感謝）を行動指針の基盤とした。感謝は「利用者に」、「企業は社員に」、「社員は企業に」、そして「地域社会に」明確に示すこと。具体的には地域社会への貢献として、ボランティア入門講座を開催したり、デイサービス利用者とそのご家族に「奉優会人生イキイキ講座」を実施する。ボランティア・コーディネーターを養成して各部門に配置し、地元の人がいつでも当施設でボランティアができるように受入体制をしっかり整える。災害時の避難場所になり、また高齢者の諸問題の相談所として協力することなどは、必ず地域の人々に喜ばれることであろう。

以上記した感謝の心は態度で示さなければならない。「明るい挨拶」「礼儀正しく」「いつも笑顔」、この三項目の実行である。

これらの行動指針を会社の方針としてやらされていると受け取らず、社員自身がキャスト（主演俳優）となりゲスト（利用者）に働きかける主体性を持って行動してほしい。それが実現できたときに当施設は地域に愛される老人ホームとして生き残ると同時に、実行した社員自身も幸せな人生を招くことと確信する。

この方針は着任一カ月後の理事会で承認をとり、家族会に公表したのち第三者評価委員会で高い評価を得たが、実現には時間がかかりそうだ。ねばり強く続けていくほかない。

4 施設ボランティアについて考える

病院でボランティア組織を設立

一九九五（平成七）年、サラリーマンにボランティアの喜びを肌で感じてもらおうと、本郷（東京都文京区）にある東京大学附属病院で「東大附属病院にこにこボランティア」という組織を創立し、代表世話人として、ボランティアの立場での泣き笑いを充分に味わわせていただいた。その経験は、『病院が変わる　ボランティアが変える』（はる書房刊）として本にまとめた。

その後、老人ホームの施設長という立場になり、施設で受け入れる側としてボランティアを眺めると、それまで気がつかなかったことが数々見えてきた。東大附属病院時代はボランティアをする立場からしか見ることができないために、東大側に「随分無茶な要求をしてきたな」と、施設側に立ってみて感ずることがある。

当時、東大側に「何かボランティアサイドに問題があったら忠告してください」と何度も申し上げたが、東大側はいつも「感謝しています」という返事であった。しかし、なんとなく奥歯にものが挟まっているような印象があり、ボランティアに直言することを遠慮していることは明らかであった。けれども当時は私自身、実体がまったく把握できなかった。

施設ボランティアにはどういう問題があるか

施設に入ってしばらくすると、施設ボランティアの問題点がはっきり見えてきた。その中身は、大きく分けて二つある。

一つは、ボランティアを生かすも殺すも、施設長の考え方にかかっているということである。施設長のなかで「ボランティアなんか入ってくるな」と言う人はほとんどいないが、内心「ボランティアに仕事が邪魔されないか」と心配している人もいるし、ボランティアにどのように対処してよいか分からず、職員にまかせっぱなしの人もいる。そういう施設では職員のボランティアに対する態度も冷たく、感謝の言葉もない。当然、職員のボランティア教育もできていない。すべての原因は施設長の姿勢、つまり施設にとってボランティアにはどのような意味があるかということを理解していないところからくることが多い。

もう一つの問題点は、ボランティア側にある。ボランティアは相手が喜んで初めてボランティアになるということを忘れ、常に自分中心に動く人がいる。こういう人々は施設にとっては「困ったボランティア」になる。　職員を叱りつける人、下手な踊り、下手な演奏、歌などを無理やり披露する人。皆、我慢して聞いているが、たまりかねて次回は「お断りしたい」と言うと、激怒して区役所に「あの施設はけしからん」と申し入れる人もいた。

施設とボランティアが「お約束事項」にサイン

この二点はどの施設でも頭の痛い問題である。これを、私なりに自己の施設の重大なテーマとして受けとめ、次のような対処法を考えてみた。

まず、地域に愛される施設になるためにボランティアの受入れは絶対必要であると、施設長が認識すること。同時に職員一人一人に施設とボランティアの関係を説明し、ボランティアに関する職員と責任者の「合意書」にサインをすることである。実際には「合意書」は固い表現なので、「お約束事項」としてみた。

お約束事項は、施設責任者がボランティアに内容をよく説明し、納得していただいたうえで、一人一人のボランティアとサインすることを実行することとした。ポイントは、ボランティアにもルールがあり、それを守ってもらうこと。ボランティアの側はさせていただいているという意識を持ち、職員の側はそれに対し心からの感謝を表明する。いわゆるＷＩＮ－ＷＩＮの関係が基本になければ、施設ボランティアは長続きしない。

そしてお約束事項にサインをしたにもかかわらず守らないボランティアには、参加を中止していただく項目を設けた。この項目を設けなかったために、東大附属病院ボランティアでは数々の苦しみを味わった。その経験から、この退会条件の一項目はどうしても必要であると考える。一人の「困ったボランティア」の存在で全体のボランティアの調和が崩れていくのを防ぐためである。

やや厳しい面だけを述べたが、一方ではボランティア感謝祭、表彰、交流会などボランティアに感謝し共に喜ぶシステムも用意することとした。

いずれにしても、施設側とボランティアがコミュニケーションを密にし、早い時点で問題を発見して解決の手立てを講ずることが肝要である。

5 施設長をして思うこと

施設長一年の経験から

特別養護老人ホーム「等々力の家」（東京都世田谷区）の施設長を引き受けてちょうど一年が経過した時点で、私は次のような感想を抱いていた。

・実にやり甲斐のある仕事で、人生の晩年にこのような仕事に出会えて幸せだ。感謝を忘れず契約期限まで勤めあげたい。

・現在、一緒に働いている職員の平均年齢は二十八歳。その若さにもかかわらず入居者の、食事、排泄、入浴、深夜に何度も鳴るコールなどの厳しい労働をものともせず挑戦している姿には、毎日感動させられる。今の日本では、仕事もしないでぶらぶらと親のすねに寄生虫のようにすがって生きているニートと呼ばれる若者が八十五万人もいるといわれるが、老人ホームで働く思いやりのある若者を見るにつけ、日本も捨てたものではないと思わされる。彼らと一緒に働くことは人生の至福といえる。

・施設長は入居者の生活を支え、命を守り、時には死をも看取るという人間として最も大きな節目に立ち会う。それ故に事件が起これば最終的に私が全責任を負う覚悟をしているだけに、神経がひどく疲れる。この疲れはこれまで経験した職業では感じたことのない背骨にしみいるような疲れである。ちょっとした地震の揺れ、台風接近のニュース、O－157やトリインフルエンザ流行のニュース、火事のサイレン、深夜の電話のベル、その度にどこにいても入居者を思い、椅子から飛び上がらんばかりの気持ちになる。

ある日、夜の八時頃に巡回していたとき、二階の喫煙所でAさん（八十九歳・女性）が煙草を吸っていた。Aさんはいつも、「早く死にたい、早く主人が迎えにこないかなぁ、一日二本の煙草だけが楽しみだ」と言う人だ。

「Aさん今晩は」と声をかけた直後、火のついた二センチほどの煙草を落とし、それが着物のふところに入ってしまった。煙草の火玉は一千度以上もあるという。Aさんは女性であるので一瞬とまどったが、そんなことを言ってはいられない。あわててAさんの着物をはだいて抱きあげたら、幸い火玉がポトリと床に落ちて事なきを得た。もし私がそのとき、その場所を通らなかったらどうなっていたかと思うと身震いが止まらなかった。介護員がちょっとの間、席をはずした瞬間の出来事であった。

平均介護度三、入居者平均年齢八十九歳のいつお迎えが来てもおかしくない人たちをお預かりしている責任は、想像以上に重かった。

施設長の日常とは

施設長の一日は、朝礼、巡回から始まる。

各部門に特別な笑顔を浮かべ、感謝を込めて「おはよう」と大声で言って回る。職員からの要求、家族の苦情なども聞き回る。認知症の進んだ入居者のなかにも、私が行くと私の手をほほにつけて喜ぶ人もいる。トイレ、洗濯物、ごみ捨て場、建物の周辺をくまなくチェックする。最後は屋上に出る。そこには近くの園芸高校の生徒がつくってくれた庭園がある。そこで深呼吸し、太陽に向かって柏手を打ち老人ホームの無事を祈る。

十一時十五分に昼食の検食が運ばれる。一日一千四百キロカロリー、一カ月の献立をチェックし、毎日の献立の審査表に「ＯＫ」のサインをすると入居者に提供される。一種の毒味をするわけだ。夕食は十七時十五分に同じことをする。

午後は会議が多い。区から施設長会議の招集や、東京都社会福祉協議会、老人施設協議会の研修やら部会に呼び出される。時には家族会に呼び出され叱られることもある。施設長はトラブルシュータ（苦情処理責任者）なのだ。

地域の防災訓練やお祭りへの参加の要請もくる。一方当方も、新年会、納涼祭、敬老会、ボランティア感謝祭、クリスマスなどを大切なイベントとして全社員で企画し、入居者、家族、ボランティアをお招きする。当施設の地域への貢献として、私が毎月「人生にこにこ講座」の講演を地元で開催している。こう言えば簡単だが、準備に結構、時間がかかるものだ。

もちろん経営者の端くれとして、経営会議、人事政策、経理、営業ＩＳＯシステムチェックなどはルーチンワークとして処理していく。それが理事会や第三者評価で厳しく査定されるが、その度に身の縮む思いがする。

そのうえに「社会福祉施設長資格認定試験」に挑戦している。受験しない施設長も多いが、入所者の命を預かっている施設長である限り受けるべきだと思う。社会福祉概論、老人福祉論に始まって心理学に至る十六項目、十六冊の本を読み論文を書くのはしんどいことだ。四月に始まって翌年の一月に終了する。こんなものは不要だと思うものもあるが、文句を言えば落とされるから、ボケた頭を叩きつつ黙々と勉強している。勉強するとなるほどなるほどと思うことも多く、人生は一生勉強だと痛感している。

ちなみに翌年一月、認定試験に七十歳で合格した。素人施設長に自信を持たせてくれた。

6

謝罪の哲学を持とう

施設長は苦情処理責任者

前項で、施設長は苦情処理責任者（トラブルシューター）であると書いたが、どの組織でも、その責任者には毎日いろいろな苦情が持ち込まれ、その対処に相当な時間がとられる。問題は、組織の責任者やその職員が謝罪の仕方の基本を知らず、言い訳に終始し、相手を怒らせてしまうことである。かつてわが職場でも次のような事件が発生した。

ケース1

老人ホームの利用者が転倒して足の骨を折り入院したが、施設の職員が誰も見舞いに来ないのはけしからん、施設長も謝りに来るべきだ、というクレームが入った。担当者に聞くと、

「私は迅速に処置し、病院までお連れした。謝罪は何度もしている。また、当老人ホームでは病院と病状などについて常に連絡するが、お見舞いはしないことにしている。しかしこの事件は今から三カ月前に起こったことであり、なぜ今頃こんなことを言われるのか分からない」ということであった。

ケース2

ある区議会議員が施設の駐車場に三十分ほど駐車させてほしいと申し入れたが、センター長は「そこは緊急時や障害者のための駐車場なのでご遠慮願いたい」と断った。議員は怒り、区の部長にこの施設の職員の態度はけしからんと報告、監督責任を追及した。そこで事業部責任者とセンター長がお詫びに参上したが、厳しく叱責され、それでは収まらず、常任理事である私にも出頭せよとの事件が起こった。話は相当こじれていた。

何が問題か？

この二つのケースはほとんど同時期に起こったが、部下の報告をよく聞くと共通点がある。一つは、職員には自分は正しいことをしているのになぜそんなに怒られるのかという意識が根底にあり、口先で一応「すみませんでした」と謝っても、相手は火に油をそそぐように怒り続けていること。

もう一つは、両ケースとも担当者が若く優秀といわれている人間であるので、なんとか自分たちのレベルで問題を処理しようとしているが、もがけばもがくほどタイミングを失し、ついには「施設の総責任者が出てこい」という事態になっていることである。

私自身も人生で何度もこのようなケースに出会ってきた。今思うと、もっと早く謝罪の基本を学んでおけば、もっと楽しい、さわやかな人生が送れたなと思うので、この機会に職員の教育の一環として私の謝罪の仕方をこんこんと話した（もちろんこの二つのケースについては私自身が真先に飛び出してお詫びし、納得していただいた）。

謝罪はこうしたい

以下、私の謝罪哲学を記してみたい。

トラブル対策は二つしかない。戦うか、謝るかの二つの選択肢であり、謝ると決めたら「自己正当化せず迅速かつ率直に」相手に対し謝ることである。下手な言い訳は絶対にしないこと。そして謝るタイミングは早ければ早いほどよいのである。

日本を代表するカリスマ添乗員である日本旅行の平田進也氏は、「謝罪とは何か」という問いに対し「お客様の心を素直にする行為」と位置づけている。「お客様はいってみれば泥をたくさん飲み込んだ鯉のようなもので、まずその泥を吐き出させてあげることが大切。一度泥を吐き出せば、客の心は素直できれいになる。こちらの言うことも素直に聞いてくれる。泥を飲み込んだままでは、何を言っても『言い逃れするな』と聞く耳をもってもらえない」と明言しているが、同感である。

謝り方の上手な人は自分の心の中に常に相手の気持ちを取り込むトレーニングをしている。そして再発防止策を、相手がそれに言及する前に提案することが重要である。

謝罪の基本は、相手に迷惑をかけて本当に申し訳ないという誠意ある態度をどのようにとるかにかかっている。その表現力の豊かな人が謝罪の達人といえるであろう。そして、自己の言い分をどのように抑えていくか、抑えたストレスをどのように発散していくかについて自分流のやり方を見つけることもきわめて大切なことと思っている。

私の方式は単純である。「酒飲んで親友かワイフに愚痴ってすぐ寝る」だけ。読者の皆さまはもっと良い方法をとっておられるだろうか。日本に残る謝罪哲学を見事に表した名歌がある。それを記してこの項の締め括りとしたい。

「言うだけ言わせ　しょんぼりしてみせ　にっこり笑って徐々に説明」

7 ハナ、オニ、キテンで人を評価する

他人の評価は難しい

人生長く生きていると、いろいろな評価をしなければならない立場にたたされる。評価をする度に、何か申し訳ないことをしたような妙な感情になる。若いときは少々優越感を持ったことがあった。初めて課長になって部下のボーナスを査定する立場になったときは、生意気にも自分自身が一段高いところに立って人を睥睨する気分であった。時が経つにつれて、「こんな評価をしてよいのだろうか、人の運命を左右する評価だが私自身評価をするに値する人間なのだろうか」と不安になってきた。そんな不安には査定をする度にいつも襲われるが、それでも立場上、不安を押し殺して評価の業務を黙々と進めている。

現在担当しているのはボランティア助成金の配分査定、人事評価、老人ホーム入所の判定

である。助成金の配分というのは、大和証券福祉財団が毎年、ＮＰＯやボランティア団体に対して行う、五千万円の助成金の応募の査定をする仕事である。厖大な応募の中からＡＢＣＤのランクに分け、五人の委員の過半数の賛成を得たところが助成金（一件三十万円）を受ける。五人の審査員の中には福祉専門の大学の学長もいて、学問的正論を述べられる。私は私で、サラリーマンの団塊世代のボランティアを応援したくなる。皆立場が違うのでカンカンガクガクの意見が飛びかうが、最後は投票となる。一般論だが字が上手で熱意が感じられるよくまとまったレポートが有利のようだ。

しかし、あまり形式的にレポートなれしているものは問題が多いことも分かってきた。以前、千代田区社会福祉協議会のボランティア助成委員会の委員長を務めていたとき、書類選考の後でボランティア団体の責任者に面接することがあった。一グループ十分間で申請理由を述べてもらうのである。あるグループは申請の文章も手なれてよくまとまっていたが、面接の際の印象が悪く採用しなかったこともあった。この「印象が悪く」というところが評価の微妙なところで議論の的となる。

何を基準に印象が良いとか悪いというのだろうか。仕事で人の評価をするときに、この印象がとくに問題になる。職員の昇給、昇格、ボーナスの査定、職員の採用決定などでいつも評価者は悩む。職員の評価は一定期間の業績評価基準があるので査定しやすいように思えるが、業績だけでなく、勤務態度やちょっとした発言や行動からくる人間的印象評価で評価者の意見が大きく分かれる場合がある。全体的にバランスのとれた人が高く評価されるように思われる。

人物評価のポイントを考える

職員の採用の面接は、もう一人の優秀な奉優会の女性の常任理事（事務長）、田島香代さんと二人で行う。対象は看護師、栄養士、社会福祉士、介護福祉士、ケアマネジャー等専門職員が多いので、能力のチェックは免許証（ライセンス）を信じるほかない。

問題は人物評価である。近頃は就職面接セミナーなどを受けてくるので、挨拶などはマニュアル通りにきちんとしている人が多い。事務長はなぜ当法人を選んだか、何をしたいか、将来どんな方向に進みたいか、など丁寧に聞く。私は「人間関係をスムーズにするためにどんな努力をしているか」ということと、「自分で恥ずかしいと思うことは何か」を質問する。

この突拍子のない質問に、相手は急にそわそわし、形式的な発言でない本人の本当の姿が出てくる。組織の中で生きる人間として人間関係に自己の信条を持つことはきわめて大切だという視点から、こんな問いを出し相手の反応を見る。

また、「恥ずかしいこと」というのは人それぞれ違うが、「約束を守らない」、「人をだます」、「父母や家庭を大切にしない」など人間として恥ずかしいと思っていることを一つでも持っている人は信用がおける気がする。

そして身体全体からにじみ出る爽やかさ、優しさ、笑顔はその人のオーラとして審査員を納得させる。反対に、べらべらしゃべり続ける人、笑顔のない人、はっきりとした返事のない人は印象が悪いと査定される場合が多い。

ハナ、オニ、キテンで〝芸術的〟に評価しよう

かつてNHKの朝ドラのヒロイン選定を十五年もやってきたプロデューサーの話を聞いたことがある。何しろ約二千人の応募者の中から一人を選ぶのだから大変な作業である。彼はヒロイン選出のポイントは「ハナ」「キテン」「オニ」の三点であるという。

「ハナ＝花」は、第一次テストで十名ずつ部屋に入ってもらうが、その中からハナのある人を一人選ぶ。不思議なことに、無記名投票で審査をするが皆、共通した人を選ぶようだ。

第二次面接で「キテン＝機転」をチェックする。例えば突然、机の上のお茶をこぼす。そのとき面接者はどんな態度をとるかを見るという。朝ドラは一年間毎日毎日変化するので練

習するひまがない。それだけに、突発事に対して応用動作ができるかを見る。

最後は「オニ＝鬼」。これは仕事への熱意、執念。これをいろいろな角度から観察する。この三点が今も受けつがれているという。

評価の基準はハナとかオーラとかバランスというが、何となくつかみどころがない。あるアメリカの財団の理事長が、「評価は芸術である。人生は芸術である」と言った言葉がふと思い出された。

8 ボランティア団体会長には覚悟が必要

会長職は重要だ

友人が歴史あるボランティア団体の会長に推薦されて、それを受けるか断るか悩んでいると相談を受けた。一定のルールが出来上がっている企業の会長と違って、さまざまな人が自己主張するボランティア団体の会長の役割は難しい。そのうえボランティアの歴史の浅い日本では、会長の老害や独善をやめさせることもできず困っている団体が非常に多い。

しかしだからこそ、良識があり会長としてあるべき姿を持ち実行する覚悟がある人が出現すると、その団体は楽しくなり必ず人が集まってくる。会長も会員から感謝され、自身の生き方に誇りを持つことができる。困った会長と尊敬され愛される会長との差は、ほんのちょっとした会長としての覚悟と心得を持っているかどうかにかかっている。

悩める友人、Aさんに、心を込めて次のような手紙を送った。

人は試練で成長する

今朝、貴方が会長を引き受けたという連絡が入りました。

まず、「会長ご就任おめでとうございます」という言葉と同時に、「よく引き受ける決心をなさいましたね。ありがとう」と申し上げたいと思います。そこに行きつくまでのAさんの苦悩を知るだけに、手放しでおめでとうと言えぬ心境です。

この会を創設し、二十五年も会長として活躍された前会長の後を引き受けることはどんなに重たいことか、引き受けるか、断るか"to be or not to be"ハムレットのお気持ちだったと思います。

私はその相談を受けたときに、「これは天命です。天が能力ある貴方に人生の役割の一つとして引き受けなさいと命じていると思ってください」と申し上げました。そして引き受けると決心したらいやいや引き受けたという気持ちを切り替えて、自分を推薦してくれた友人、会員、そして天に「ありがとうございます。このような名誉ある立場を与えていただいて光栄です。私としては任務を果たせるか不安ですが、任期の間一生懸命頑張りますのでどうか強くご支援ください」と謙虚な気持ちで引き受けるのがいい姿だと話した記憶があります。

私もかつて「東大附属病院にこにこボランティア」や「せたがや生涯現役ネットワーク」や「日本福祉囲碁協会」の会長を務め、会長の喜びや悲しみを充分に味わってきました。喜びは私のささやかな努力で生まれた会員の笑顔。悲しみは私への意味のわからない非難。私はこれほどこの会のためにボランティアで個人的時間も費用も使いながらどうしてこうも批判されるのかという不満で、何度も衝突しそうになったことがあります。

それぞれの会の会長を退任して分かったことは、すべての批判の原因は私の人間的配慮不足と会長としての心得（覚悟）の欠如からくるものだということでした。この経験がその後の私を大きく成長させ、楽しい現在があります。

ドラッカーの「リーダーの条件」を参考に

その頃読んで大変参考になったピーター・ドラッカー教授の「ボランティア団体リーダーの覚悟——十の条件」と私の経験を混ぜ合わせて、転ばぬ先の杖としてご紹介したいと思います。

「リーダーの覚悟十カ条」

①　リーダーは私人ではなく組織の代表である。したがって、これまでとは異なる行動基準を自らに課すべきである。リーダーは信じ難いほど注目されていると認識していなければならない。
②　リーダーは何をすべきかいつも自問せよ。
③　リーダーはすべての結果に責任を持つこと。
④　リーダーはその人についていってもよいという「人からの贈りもの」であり「借りもの」である。花は会員に持たせるべきである。
⑤　バランス感覚を磨け。優しさと厳しさのバランス、会員とのバランス、理想と現実のバランス（調整）。
⑥　「会長」という名に君臨せず、皆さんの「世話人」という姿勢で謙虚に人の話を聞き、コミュニケーションに努めること。これには大きな忍耐力が必要とされる。
⑦　まあまあで済まさず、話は充分聞いたうえでルールに照らしてけじめをつける。意見が真っ二つに分かれたとき、すぐに結論を出さず、一定の冷却期間を置くとよい結果が出ることが多い。
⑧　権限はなるべく委譲するべきだが、きちんとフォローアップするべきである。
⑨　無作法は許すべきではない。そして陰でいつも会の悪口を話す会員には厳重注意し、

治らぬ場合は退会を命じてもよい。

⑩　次期後継者を今からでもひそかに育てつつ、いつか来るさわやかな引き際を心の中で考えておくこと。

この十カ条の中で、アメリカ人のドラッカー教授が第九項目を重視しておられたことには驚かされました。また⑩の項目については、あちこちの日本のボランティア団体の会長の老害ともいえる我執の見苦しさ、引き際の悪さを見るにつけ、前会長が見事にわれわれに示してくれた引き際のさわやかさ、美学に心から拍手を送りたいと思います。

会員の自覚で高い目標にチャレンジ

一方、次のことを会員の皆さまにお知らせしてほしいのです。かつてアメリカ大統領ケネディが「国があなたに何をしてくれるかを問うのではなく、あなたが国のために何ができるかを自分に問え」といった言葉を思い出し、トップにあれこれ言う前に、自分は会のために何ができるのかを考えることを行動の第一の基準にできる会員になってほしいということです。

会長の心得を充分踏まえて行動する新会長と、いろいろな問題を自らの問題として取り組む姿勢を持つ会員で構成された会ができたら、成長した日本のボランティア団体のモデルとして全国から注目されるに違いありません。

それは大変なことだと言わず、目標は高く掲げ、そしてその山へ一歩踏み出す勇気を期待したいものです。そしてAさんがそのようなことに挑戦する自分を尊ぶことができたら、それが人生の幸せだと言えるでしょう。

会のさらなる発展を心から祈りつつ、一筆啓上した次第です。

参考文献

序　三遊亭大王誕生

1　外山滋比古『ユーモアのレッスン』中公新書
福田健『ユーモア話術の本』三笠書房
坂信一郎『ユーモアスピーチの達人』ＰＨＰ研究所
2　外山滋比古『ユーモアのレッスン』中公新書
福田健『ユーモア話術の本』三笠書房
松田道弘『ジョークのたのしみ』ちくまブックス
早坂隆『世界の日本人ジョーク集』中公新書ラクレ
3　『一個人　特集「落語超入門」』ＫＫベストセラーズ
4　桂枝光＋土肥寿郎『ちりとてちんの味わい方　桂枝光の落語案内１』寿郎社

Ⅰ　生の巻

7　江國滋『俳句旅行のすすめ』朝日新聞社
10　坂東忠信『いつまでも中国人に騙される日本人』ベスト新書
11　渡邊一雄『体験的フィランスロピー――報酬は〝感動〟』創流出版

16 幸田露伴『努力論』岩波文庫
17 幸田露伴『努力論』岩波文庫
19 NHKハイビジョンスペシャル　BS20周年ベストセレクション『世紀を刻んだ歌「花はどこへ行った～静かなる祈りの反戦歌～」』（二〇〇九年九月五日放映）

II 老の巻

20 永六輔『大往生』岩波新書
藤原智美『暴走老人』文藝春秋
アンドレ・モーロワ、中山真彦訳『私の生活技術』講談社
根岸鎮衛、鈴木棠三編注『耳袋』全二巻、平凡社東洋文庫
23 アンドレ・モーロワ、中山真彦訳『私の生活技術』講談社
安西篤子『老いの思想――古人に学ぶ老境の生き方』草思社
24 ビートたけし「友達」
藤原智美『暴走老人』文藝春秋
25 フィリップ・チェスターフィールド、竹内均訳『わが息子よ、君はどう生きるか』三笠書房
26 フィリップ・チェスターフィールド、竹内均訳『わが息子よ、君はどう生きるか』三笠書房
28 五木寛之『林住期』幻冬舎
29 渡辺弥栄司『125歳まで、私は生きる！』ソニー・マガジンズ新書

Ⅲ　病の巻

31　石原慎太郎『老いてこそ人生』幻冬舎

石原結實「石原式『朝だけしょうが紅茶』ダイエット――7日間、体を温めて水を出す」（PHP文庫）

石原結實『家庭でできる断食養生術――やせる、きれいになる、病気が治る』（PHPエル新書）

32　中野孝次『生きて今あるということ』海竜社

33　正岡子規『病状六尺』岩波文庫

34　井上馨監修『腰痛――自分のタイプを知ることが治療の第一歩』双葉社

黒田栄史監修『徹底図解　くび・肩・腕の痛み――うっとうしさを取り去る』（目でみる医書シリーズ）法研

Ⅳ　死の巻

38　養老孟司『バカの壁』新潮新書

41　新潮45編『生きるための死に方』新潮社

42　新潮45編『生きるための死に方』新潮社

『西行と兼好――乱世を生きる知恵』ウエッジ選書

付：人生ホームストレッチ――ナベさんの施設長奮闘記

4　渡邊一雄『病院が変わる　ボランティアが変える』はる書房

あとがき

去る二〇〇八（平成二十）年三月三十一日をもって足掛け四年間勤めた奉優会特別養護老人ホーム「等々力の家」の施設長を退職することになった。この退職は「嬉し淋し」の感じであったが、今は爽やかである。

一つは、七十二歳での契約定年の日にすっきりと退職できたこと。また一つは一日も早く若い人に施設長を譲りたいと一年前から申し出て、それが認められたこと。もう一つは散る桜花のごとく人生最後の職場の去り際がきれいでありたかったこと。この三つが実現したのが爽やかといえる理由である。

本書はこの施設長時代に、山形の介護・女性情報誌『月刊ほいづん』（二〇一二年五月号、通巻百四十号をもって終刊）に連載していたコラム「人生ホームストレッチ　ナベさん施設長奮闘記」と、退職後も引き続き連載を続けるようにとのお話が伊藤美代子編集長よりあり「人生にこにこ講座」というタイトルで掲載されたものを合わせ、加筆訂正を加えたものである。

ところで驚いたことに、前者の連載中に若い読者から「人生ホームストレッチってどんな体操ですか」と聞かれた。それも一人や二人ではないので、ちょっとここで説明しておきたい。ホームストレッチとは例えばマラソンでゴール前の数百メートルを最後の力を振りしぼって走ることをいう。人生行路の最後をフラフラと生きつづける様を私は「人生ホームストレッチ」と名づけてみたわけである。

さて冒頭に、施設長の退職は「嬉し淋し」と書いた。「嬉し」というのは人の生命を預かる老人ホームの施設長の重責を手離し、厳しい緊張感が氷の解けるように消えたこと。若い優秀な職員にこの地位を無事にバトンタッチしたこと。朝寝坊できること。

「淋し」はすばらしい家族のような職員(利用者も含む)との別れ。そして何より定期的収入がゼロになったこと。毎日が日曜日であるが、目標を失ったような不安定さが淋しさに輪をかける。

人生には三つの定年があるという。

一つは他人の定める「雇用定年」、第二は自分が決める「仕事定年」、第三は神様が決める「人生定年」である。雇用定年は、やる気のある人ほど会社に思いを残して去ることになるから誰でも嫌なものである。今回の私の契約定年は、第一と第二のミックスした定年である。

友人でもあった香取眞恵子理事長にはこの年齢まで勤めさせてもらったことに心底から感謝している。また高齢の私を常に支えてくれた職員、苦しい生活条件の中で頑張る職員たちにはどんなに感謝しても感謝しきれない。心こもる送別会に人生の至福を感じた。この年は私の人生でエポックメーキングな年となった。

こんなとき、エドワード・グレイ卿（イギリスの外務大臣、一九三三年没）の言葉を思い出す。彼は人間が幸福であるための四つの条件を挙げている。

（第一）自分の生活の基準となる思想を持つ
（第二）良い家族と友だちを持つ
（第三）意義ある仕事を持つ
（第四）閑を持つ

退職後人生定年が来る前に、右記の四条件を自分の現状に照らし点検してみようと思った。第一は、私なりに長年かかって確認してきた思想「為己為人（ワイケイワイヤン：人のためにすることは自分のためになる）」という考え方を一生実践し続けていく。とくに人生ホームストレッチに入った私は、自分のできる範囲内で人の喜ぶことをして自分が喜ぶ行動をすることを生活の基準とする。この信念を持ちつづけていきたい。

第二、私は良き家族に恵まれ、大声で自慢したくなるような友人を持っている。これが私が胸を張って明るく生きていることの自信のもとになっている。

第三は、私のライフワークであるフィランスロピー（社会貢献）活動である。

主なものを挙げてみると①日本フィランスロピー研究所でフィランスロピーの研究を続ける、②奉優会（香取眞惠子理事長）の理事として所属する高齢者福祉センターや世田谷区桜新町の老人クラブ「高砂会（宇田川長夫会長）」で毎月「人生ににこ講座」を実施する、③せたがや生涯現役ネットワークや川崎市宮前区チーフシニアアドバイザーとしてシニアの地域活動の支援をしていく、④日本福祉囲碁協会（渡辺幸男会長）のボランティア棋士としてシニアや子供の碁の相手をしていく、⑤全日本大学開放機構（香川正弘理事長）の副理事長として大学公開講座のアドバイスをしていく、⑥日本社会事業大学（潮谷義子理事長）の理事、⑦大和証券福祉財団（鈴木茂晴理事長／石河良夫事務局長）の評議員・ボランティア助成金の委員として協力する。また、市川市社会福祉協議会（伊与久美子会長）の特別相談役、東京都市大学付属中学・高等学校（原田豊校長）の評議員、車両競技公益資金記念財団（深澤亘理事長）の評議員、一橋大学基督教青年会（斉藤金義会長）の評議員、熱海囲碁協会（小原稔雄会長／細田光昭専務理事）の理事、全国結婚・家庭未来塾（斉藤美智子理事長）の理事、ＮＰＯ法人健生会（青木玲子会長）

の顧問、株式会社ナチュラル（有澤正典社長）の顧問といった大事な役目もいただいている。

これらはすべて私のボランティア活動であるが生涯続けたい意義ある仕事と思っている。

第四「閑な時間」が今回五十年ぶりに手に入った。この時間が退屈か楽しいものになるかは私次第である。趣味の囲碁、落語をもっと深めていきたい。

私は今や運命の主人公になったのだ。

人生定年が来るまで閑な時間を宝石のように慈しみつつ大切に使っていきたいと思う。

最後になったが、はる書房の古川弘典社長と編集担当の佐久間章仁氏にお礼を申し上げる。

二月二十八日　　喜寿を迎えて　　渡邉一雄

（追記）来る二〇一三年三月二日、私としては初めてのエッセイ集の出版を祝う会を、友人の協力をえて開催することになっている。

心から敬愛する友人にお集まりいただき、唄を歌い、落語で大笑いする予定である。三遊亭圓王師匠、三遊亭円塾社会人落語家、声楽家・鎌田滋子さんの合唱指揮、和田貴子歌手、三崎康夫氏のハーモニカ、健生会の青木玲子さんと保坂武雄さんによる司会。春風の吹くような会となるでしょう。私も落語を一席披露し、最後に「ありがとう…感謝」（作詞・志摩ゆり子／作曲・大谷明裕）の唄を心をこめて歌います。

渡邊一雄（わたなべ・かずお）
社会福祉法人奉優会理事・ＮＨＫ文化センター講師
日本社会事業大学理事・前大学院特別客員教授

＊

1936（昭和11）年生まれ。一橋大学法学部卒業後、三菱電機株式会社入社。三菱電機菱電貿易（香港）社長等を歴任後、マサチューセッツ工科大学スローンスクール修了。1983（昭和58）年には三菱セミコンダクターアメリカの社長として渡米、「フィランスロピー」との運命的な出会いを果たした。その多大なる地域貢献により、ノースカロライナ州ダーラム市から「名誉市民」の称号を授与され、87（昭和62）年に帰国。以降、三菱電機営業本部顧問となり、経団連社会貢献委員会、経済企画庁国民生活審議会、厚生省中央社会福祉審議会等の委員を務める。三菱電機退職後も、全国社会福祉協議会ボランティア振興企画委員、東大附属病院にこにこボランティア代表世話人、日本福祉囲碁協会会長、日本フィランスロピー研究所長、世田谷区生涯現役ネットワーク会長、世田谷区特別養護老人ホーム「等々力（とどろき）の家」の常任理事施設長をつとめ、年間100回以上の講演で全国を飛び回る。1999（平成11）年、岩手県立大学社会福祉学部教授兼国際社会人教育センター長に就任。さらに東京大学医学部研修医講師、川崎医療福祉大学教授、上智大学、琉球大学の非常勤講師、札幌市シニア大学専任講師をつとめた。

現在、頭記の職務のほか、熱海囲碁協会理事、NPO法人健生会顧問、株式会社ナチュラル顧問、市川市社会福祉協議会特別相談役、全国結婚・家庭未来塾理事、車両競技公益資金記念財団評議員、大和証券福祉財団評議員、東京都市大学付属中学・高等学校評議員、一橋大学基督教青年会評議員、全日本大学開放推進機構副理事長として、大学開放と高齢者の生涯学習事業に力を注いでいる。

企業・社会・家庭・アカデミズムの視点で、フィランスロピー・ボランティアを語れる数少ない人材として、国内外で高い評価を得ている。

趣味の落語では社会人落語家・三遊亭大王として高座に上る。

著書に『体験的フィランスロピー』『社会貢献イキイキ講座』（創流出版）、『遠くない定年・近くない老後』『脱会社人間のすすめ』『新しいボランティアひろがるネットワーク』（いずれも共著、ミネルヴァ書房）、『日本型経営と国際社会』（いずれも共著、岩波書店）、『ボランティア新世紀』（共著、第一法規出版）、『働きはじめたサラリーマンシニアたち』（共著、シニアプラン開発機構・編）がある。

77歳のバケットリスト　人生いかによく生きよく死ぬか

二〇一三年三月三〇日　初版第一刷発行

著　者　渡邊一雄

発行所　株式会社はる書房
〒一〇一－〇〇五一　東京都千代田区神田神保町一－四四　駿河台ビル
電話・〇三－三二九三－八五四九　FAX・〇三－三二九三－八五五八
http://www.harushobo.jp/

装　幀　ジオン　グラフィック（森岡寛貴）

挿　画　小森　傑

組　版　閏月社

印刷・製本　中央精版印刷

ISBN 978-4-89984-131-9　C 0036